dtv

Lissabon um die Jahrhundertwende. Der Schriftsteller und Bohemien Lucio Vaz, gerade aus langjähriger Gefängnishaft entlassen, legt ein Geständnis ab. Es handelt von einem Verbrechen jenseits des Faßbaren: von einem Mörder, der starb, einem Opfer, das sich in Luft auflöste, von einem Mord, den Lucio nie beging. Was wurde gespielt? War alles eine Falle oder gar das Produkt nervöser Phantasie? Rückblickend versucht Lucio, seine dekadenten Künstlerjahre in Lissabon und Paris neu aufzurollen – die rauschhaften Feste, die überreizten Diskussionen zwischen Psychologie und Phantastik, die enge Verbindung zu Ricardo de Loureiro, dem genialen Poeten, bis hin zum Zentrum des Rätsels, jener erotischen Besessenheit, die Lucio zum Sklaven einer *femme fatale* werden läßt –
In Portugal ist dieser 1913 entstandene Kurzroman bereits ein Klassiker der Moderne; für uns eine skurrile Neuentdeckung mit dem dandyhaften Flair des Fin de Siècle.

Mário de Sá-Carneiro, geboren am 19. Mai 1890 in Lissabon, war einer der wichtigsten Autoren des portugiesischen Modernismo. Gefördert von Fernando Pessoa, mit dem ihn eine enge Freundschaft verband, veröffentlichte er vor allem Gedichte und einige Erzählungen. Sein poetisches Werk beeinflußte die Lyrik Portugals bis weit über seinen frühen Tod hinaus: am 26. April 1916 beging Mário de Sá-Carneiro während einer psychischen Krise in Paris Selbstmord.

Mário de Sá-Carneiro

Lucios Geständnis

Roman

Aus dem Portugiesischen übersetzt
und mit einem Nachwort
von Orlando Grossegesse

Deutscher Taschenbuch Verlag

Titel der Originalausgabe:
›A confissão de Lúcio‹ (1914)

Die Übersetzung wurde durch das
Instituto Português do Livro e
des Bibliotecas, Lissabon, gefördert

Ministério da Cultura

PORTUGAL
49. FRANKFURTER
BUCHMESSE 1997

Deutsche Erstausgabe
Oktober 1997
Deutscher Taschenbuch Verlag GmbH & Co. KG,
München

Umschlagkonzept: Balk & Brumshagen
Umschlagbild: ›Homenagem a Luca Signorelle‹ (1942)
von José Almada Negreiros
Gesetzt aus der Goudy Old Style 10/12·
Satz: KCS GmbH Buchholz/Hamburg
Druck und Bindung: C. H. Beck'sche Buchdruckerei,
Nördlingen
Gedruckt auf säurefreiem, chlorfrei gebleichtem Papier
Printed in Germany · ISBN 3-423-12471-7

LUCIOS GESTÄNDNIS

Für António Ponce de Leão*

... so waren wir auf dunkle Weise
zwei, wobei niemand von uns
beiden genau wußte, ob der andere
nicht er selbst war, ob der andere
ungewisse tatsächlich lebte ...

Fernando Pessoa,
Im Wald der Entfremdung

* Sá-Carneiro widmet seine Novelle diesem engen Freund, mit dem zusammen er im selben Jahre 1913 das Theaterstück A *Alma* (Die Seele) geschrieben hatte. Daneben existiert eine Ausgabe mit einer handschriftlichen Widmung an den anderen großen Seelenfreund, Fernando Pessoa, genauer an dessen »Genie des Jenseits«.

Zehn Jahre Gefängnis habe ich abgebüßt für ein Verbrechen, das ich nicht beging, und trotzdem habe ich mich nie verteidigt, da Leben und Träume in mir gestorben waren. Nachdem ich also nichts mehr erhoffen und ersehnen kann, lege ich schließlich mein Geständnis ab, das heißt, ich beweise meine Unschuld.

Vielleicht glaubt man mir nicht. Bestimmt glaubt man mir nicht. Aber das tut wenig zur Sache. Für mich ist es heute vollkommen unwichtig, aller Welt zu verkünden, daß ich Ricardo de Loureiro nicht umgebracht habe. Ich habe keine Familie; ich brauche keine Rehabilitation. Wer zehn Jahre im Gefängnis war, rehabilitiert sich sowieso nie mehr. Das ist die schlichte Wahrheit.

Sicherlich würden mich einige, die diese Zeilen lesen, gern fragen: »Aber warum legten Sie nicht Ihr Geständnis ab, als noch Zeit war? Warum haben Sie nicht vor Gericht Ihre Unschuld bewiesen?« Und ich würde ihnen antworten: Eine Verteidigung wäre sinnlos gewesen. Niemand hätte mir geglaubt. Und es wäre sinnlos gewesen, mich als Schwindler oder Verrückter auszugeben … Außerdem muß ich bekennen, daß mir das Gefängnis als eine heitere Aussicht erschien nach all den Ereignissen, in die ich damals verwickelt war und die mich so zerrissen zurückließen. Hier könnte ich vergessen, Ruhe finden, schlafen. Es wäre ein Ende wie irgendein anderes auch – ein Abschluß für mein verwüstetes Leben. Alles, was ich damals ersehnte, war das

Prozeßende, damit ich endlich meine Strafe antreten konnte.

Im übrigen ging mein Prozeß schnell vorüber. Ach! Der Fall schien so klar ... Weder leugnete ich noch gestand ich. Doch wer schweigt, gibt zu ... Und alles Mitgefühl war auf meiner Seite.

Das Verbrechen war, wie die Presse zu jener Zeit wohl verkündete, ein ›Verbrechen aus Leidenschaft‹. *Cherchez la femme*. Zudem war das Opfer ein Dichter – ein Künstler. Die Frau war verschwunden und erschien auf diese Weise romantisch verklärt. Ich war letzten Endes ein Held. Ein Held mit geheimnisvollen Zügen, was mich noch mehr mit einem Nimbus umgab. Genau deshalb, und nicht etwa wegen des schönen Plädoyers der Verteidigung, gestanden mir die Geschworenen mildernde Umstände zu. Und meine Strafe fiel kurz aus.

Ach! Und wie kurz! – vor allem für mich ... Diese zehn Jahre flogen für mich dahin wie zehn Monate. Denn tatsächlich können lange Stunden denjenigen nichts mehr anhaben, die einen Augenblick erlebten, der ihr ganzes Leben erleuchtete. Da wir das höchste Leid erreicht haben, kann uns kein Leid mehr angetan werden. Da wir unter den stärksten Empfindungen erbebten, kann uns jetzt nichts mehr erschüttern. Doch diesen höchsten Moment erleben nur wenige Kreaturen. Die ihn erlebt haben, sind entweder, wie ich, *Untote* oder – schlicht – Enttäuschte, die oft im Selbstmord enden.

Trotzdem weiß ich nicht, ob man es höchstes Glück nennen kann, wenn ein solcher Augenblick im Leben fehlt. Die ihn nicht erleben, haben Frieden – vielleicht.

Doch da bin ich mir nicht sicher. In Wirklichkeit warten doch alle auf diesen leuchtenden Moment. Also sind alle unglücklich. So kommt es, daß ich trotz allem stolz darauf bin, ihn erlebt zu haben.

Aber lassen wir diese Abschweifungen. Ich schreibe ja keinen Roman. Ich möchte nur die Tatsachen klar darstellen. Doch mir scheint, ich bin drauf und dran, mich auf einen Weg zu begeben, der alles andere als Klarheit schafft. So sehr mein Geständnis die Dinge erhellen soll – es wird, dessen bin ich mir sicher, vielmehr völlig zusammenhanglos, absolut verwirrend und alles andere als erhellend sein.

Eines versichere ich allerdings: Ich werde nicht das geringste Detail außer acht lassen, so geringfügig oder unwesentlich es auch erscheinen mag. In Fällen wie dem vorliegenden, den ich zu erhellen suche, kann das Licht nur aus einer großen Ansammlung von Fakten hervortreten. Und ich werde nur Tatsachen berichten. *Jeder, der will, kann daraus seine Schlüsse ziehen.* Ich für meinen Teil erkläre, daß ich es noch nie versucht habe. Ich würde sicherlich daran irre.

Aber ich versichere nochmals bei meinem Ehrenwort, daß ich nichts als die Wahrheit sage. Es ist gleichgültig, ob man mir glaubt, ich sage einfach nur die Wahrheit – *selbst wenn sie unwahrscheinlich ist.* Mein Geständnis ist ein Dokument, nichts weiter.

I

Im Jahre 1895 war ich dabei, ich weiß selbst nicht, wie es dazu kam, an der Universität von Paris Jura zu studieren, oder besser gesagt, so zu tun als ob. Nachdem ich vergeblich versucht hatte, meinem Leben verschiedene Ziele zu setzen, und so meine Jugend verbummelt hatte, war ich begierig darauf, Europa kennenzulernen, und beschloß also, die *Grande Capitale* aufzusuchen. Sogleich drang ich in das Dickicht der mehr oder weniger künstlerischen Kreise ein, und Gervasio Vila-Nova, den ich aus Lissabon nur flüchtig kannte, wurde rund um die Uhr zu meinem treuen Begleiter. Fürwahr eine merkwürdige Persönlichkeit, dieser große gescheiterte oder, besser gesagt, zum Scheitern bestimmte Künstler.

Sein gequältes, mageres Äußeres wirkte verwirrend: An seinem knochigen Körper, dessen Konturen hier und da geknickt und gebrochen schienen, manifestierten sich zuweilen beunruhigende Züge einer hysterischen und anschmiegsamen Weiblichkeit, andere Male hingegen die bleiche Askese. Wenn die langen Haare seine breite und schrecklich harte Stirn freigaben, mußte man an Kasteiungen, sexuelle Enthaltsamkeit denken; fielen sie ihm jedoch lockig ins Gesicht, dann gab es hier nur Sanftmut, eine berückende Sanftmut der goldenen Verzückungen und zarten Küsse. Er war immer schwarz gekleidet in weiten, flatternden Anzügen, die etwas Priesterhaftes an sich hatten – noch hervorgehoben durch den schmalen, geschlossenen Rundkragen. Sein Gesicht entbehrte hingegen jeglicher Rätselhaftigkeit, wenn die Haare oder der Hut seine Stirn bedeckten. Doch merkwürdig – sein Körper war von Mysterium erfüllt, so wie ein Sphinxkörper in Mondscheinnächten. Jene Gestalt grub sich nicht wegen ihrer physiognomischen Züge ins Gedächtnis, sondern wegen des seltsamen Profils. Unter jeder Menschenmenge fiel er auf, wurde begafft, man tuschelte – obgleich seine Silhouette auf den ersten Blick gar nicht so außergewöhnlich erschien. Denn es war ja nur ein schwarzer Anzug, wenn auch um eine Nummer zu groß, die Haare zwar lang, aber nicht ungepflegt, und auf dem Kopf eine Kappe aus Tuch – gewiß komisch –; andererseits trugen viele Künstler fast das gleiche Modell.

Dennoch umgab seine Person tatsächlich eine Gloriole. Gervasio Vila-Nova gehörte zu derjenigen Sorte Mensch, die man auf der Straße sieht und dabei zu sich sagt: Da drüben geht wirklich *jemand.* Alles an ihm zog die Frauen an. So viele faszinierte Mädchenaugen hingen an ihm, wenn der magere Künstler von oben herab die Cafés inspizierte ... Aber diese Blicke waren im Grunde eher von der Art, die Frauen auf ein Geschöpf ihres eigenen Geschlechts werfen, auf ein wunderschönes Luxusweib, mit Juwelen behangen ...

»Wissen Sie, mein lieber Lucio«, sagte mir der Bildhauer öfters, »es ist nicht so, daß ich meine Geliebten besitze, im Gegenteil, sie sind es, die mich besitzen ...«

Wenn er mit uns sprach, erstrahlte sein Feuer noch mehr. Er war ein bewundernswerter Unterhalter, wundervoll selbst in seinen Irrtümern, in seiner Unwissenheit, die er heftig zu verteidigen wußte – und immer ging er als Sieger hervor; er war beliebt durch seine provokanten und bezaubernden Ansichten, durch seine Paradoxe, durch seine *blague*, seinen schwerelosen Witz. Ein höheres Wesen – ach! zweifellos. Eines dieser Wesen, die sich ins Gedächtnis einnisten – und uns verstören, verblenden: Ganz Feuer! ganz Feuer!

Hätte man ihn allerdings mit kühlem Verstand betrachtet und nicht nur mit unseren fiebernden Sinnen, hätte man sofort gesehen, daß sich unglücklicherweise alles auf diese Gloriole beschränkte, daß sein Genie – vielleicht weil es zu hell erstrahlte – sich selbst verzehrte, da es unfähig war, sich in einem Werk zu verdichten – zerfahren, zerbrochen, zerglüht. Und so geschah es, tatsächlich. Er war keine gescheiterte Existenz, weil er den Mut aufbrachte, sich in Stücke zu reißen.

Zu solch einer Person konnte man keine Zuneigung entwickeln, auch wenn er im Grunde ein fabelhafter Knabe war; aber noch heute denke ich sehnsüchtig an unsere Gespräche, unsere Café-Nächte zurück und komme zu dem Urteil, daß das Schicksal von Gervasio Vila-Nova eigentlich ein sehr schönes war, und er ein großer, ein genialer Künstler.

Mein Freund hatte viele Beziehungen im Künstlermilieu. Literaten, Maler, Musiker aus aller Herren Länder. Eines Morgens trat er in mein Zimmer und stieß hervor:

»Denken Sie nur, mein lieber Lucio, gestern wurde

ich einer sehr interessanten Amerikanerin vorgestellt. Eine steinreiche Dame. Stellen Sie sich vor, sie wohnt in einem Palast, den sie absichtlich an einer Stelle errichten ließ, an der bereits zwei große Gebäude standen – sie ließ sie kurzerhand abreißen! Und das alles mitten an der Avenue du Bois de Boulogne! Eine schöne Frau. Unbeschreiblich schön. Es war dieser amerikanische Maler mit der blauen Brille, der sie mir vorgestellt hat, Sie erinnern sich doch? Ich weiß nicht mehr, wie er heißt ... Wir können sie jeden Nachmittag im Pavillon de Armenonville treffen. Für gewöhnlich nimmt sie dort ihren Tee. Ich möchte, daß Sie sie kennenlernen. Sie werden sehen. Hochinteressant!«

Am folgenden Tag – es war ein herrlicher Winternachmittag, laues Sonnenwetter, blauer Himmel – nahmen wir eine Pferdedroschke und fuhren zum großen Restaurant.

Wir ließen uns nieder und bestellten Tee ... Kaum waren zehn Minuten vergangen, als Gervasio mich am Arm berührte. Eine Gruppe von acht Personen trat in den Saal – drei Damen und fünf Herren. Zwei der Frauen waren blond und zierlich mit einer Haut von Rosen und Milch; harmonische, sinnliche Körper, so wie viele reizende Engländerinnen. Aber die dritte besaß tatsächlich etwas von verwunschener, mysteriöser Schönheit. Eine hochgewachsene, schlanke Figur mit einem schmalen, feingeschnittenen Gesicht und goldener Haut, die phantastischen Haare von einem betörend feurigen Rotblond. Ihre Anmut war von jenem Reiz, der Angst einflößt. Tatsächlich war mein erster Eindruck, kaum daß ich sie erblickt hatte,

Furcht – ähnlich der Furcht, die man vor dem Antlitz dessen empfindet, der eine große und grauenvolle Tat begangen hat.

Sie setzte sich lautlos; aber gleich, als sie uns sah, kam sie auf uns zu, um den Bildhauer zu begrüßen:

»Mein Lieber, wie freue ich mich, Sie hier zu finden … Gestern erzählte man mir viel Vorteilhaftes über Sie … ein Landsmann von Ihnen … ein Dichter … M. de Loureiro, glaube ich.«

Es war schwierig, den portugiesischen Namen aus der Sprachmischung herauszuhören.

»Sieh an, ich wußte gar nicht, daß er in Paris weilt«, murmelte Gervasio.

Dann wandte er sich zu mir und sagte, nachdem er mir die Ausländerin vorgestellt hatte: »Ricardo de Loureiro, der Dichter der *Gluten* … kennen Sie ihn schon?«

Ich sagte, daß ich noch nicht das Vergnügen hatte, mit ihm zu sprechen, daß ich ihn allerdings vom Sehen her kenne und vor allem sein Werk außerordentlich bewundere.

»Nun … ich mische mich da nicht ein … Sie wissen ja, für mich ist diese Kunst schon *passé*. Sie kann mich nicht mehr interessieren … Mann, zum Teufel, lesen Sie mir doch mal die *Selvagens*, die ›Wilden‹! …«

Es war eine der Schrullen von Gervasio Vila-Nova, literarische Pseudo-Schulen der letzten Stunde zu loben. Diesmal war der *Selvagismo* an der Reihe, dessen Neuheit darin bestand, Bücher auf verschiedenen Papiersorten und bunt zu drucken – in einer absonderlichen typographischen Anordnung. Außerdem – und das begeisterte meinen Freund am meisten – hatten die

›wilden Dichter‹ die »Idee« abgeschafft, diesen »Auswurf«, und übertrugen ihre Emotionen einzig und allein in ein Silbenspiel, mittels spektakulärer, eigenartiger Lautmalereien. Sie schufen sogar neue Wörter, die nichts bedeuteten und deren Schönheit, so behaupteten sie, darin bestand, nichts zu bedeuten ... Übrigens scheint mir, daß von dieser Schule bis dahin nur ein Buch publiziert worden war. Ein gewisser russischer Poet mit einem unaussprechlichen Namen. Ein Buch, das Gervasio bestimmt nicht gelesen hatte, das er aber trotzdem nicht müde wurde anzupreisen, er nannte es lauthals erstaunlich, ja genial ...

Die fremde Dame bat uns an ihren Tisch und stellte uns ihre Begleiter vor, die wir noch nicht kannten: den Journalisten Jean Lamy vom *Figaro*, den holländischen Maler Van Derk und den englischen Bildhauer Thomas Westwood. Die beiden anderen waren der amerikanische Maler mit der blauen Brille und der beunruhigend blonde, ätherische und geschminkte Vicomte de Naudières. Was die beiden Fräulein betraf, wies die Amerikanerin nur kurz auf sie hin:

»Jenny und Dora.«

Die Konversation entspann sich sogleich ultrazivilisiert und banal. Man sprach über Moden, kommentierte Theater und *music hall*, mit viel Kunst zwischendurch. Und es war wieder einmal Gervasio, der sich am meisten hervortat und sogar fast ausschließlich sprach. Wir beschränkten uns darauf – wie es allen angesichts seiner Intensität passierte – zuzuhören oder allerhöchstens zu widersprechen, das heißt: Wir gaben ihm die Möglichkeit zu glänzen ...

»Wissen Sie, mein lieber Lucio«, hatte mir der Bildhauer einmal gesagt: »Fonseca meint, daß es eine echte Aufgabe sei, mich zu begleiten. Es sei eine schwierige, anstrengende Kunst. Denn ich spräche immer und ließe meinen Gesprächspartner nicht zur Ruhe kommen. Ich zwänge ihn, sich zu konzentrieren, um mir zu antworten … Ja, ich gebe zu, daß meine Gesellschaft anstrengend ist. Sie haben recht.«

Nebenbei bemerkt, betraf diese Anstrengung jedermann, natürlich außer Gervasio selbst … und gerade diesen Fonseca, einen armen Sonntagsmaler aus Madeira im Staatsruhestand, mit Bart, Künstlerkrawatte Typ *lavallière* und Pfeife. Immer schweigsam und düster, blickte er sehnsüchtig durch den Raum, vielleicht auf der Suche nach seiner verlorenen Insel … ein einfältiger Engelsknabe!

Man plauderte immer noch viel über Theater, und Gervasio verkündete, daß die Schauspieler – selbst die größten wie die Sarah oder Novelli – nichts weiter als Gaukler seien, nämlich Intellektuelle, die ihre Rollen *lernten*. Er beteuerte – »meine Freunde, glauben Sie mir, es ist so« –, daß die wahre Kunst nur unter *saltimbanques*, unter Wanderkünstlern existiere. Davon sprach er immer wieder. Gleich an jenem Abend, an dem wir uns in Paris zum ersten Mal trafen, hatte er mir eine finstere Geschichte anvertraut: Er sei als zweijähriges Kind von einer Gauklertruppe geraubt worden, als er sich gerade in Obhut einer Amme in der rauhen Serra da Estrela befand, da ihn seine Eltern kaltherzig weggegeben hatten. Diese Amme war die Frau eines Töpfers, von dem Gervasio zweifellos seine Neigung zur Bildhauerei ererbt hatte – es ist nämlich gut möglich, daß er dessen leiblicher Sohn war, wenn es stimmt, daß er in der Wiege vertauscht wurde*. –

Dann wechselte man in der Unterhaltung, ich weiß nicht wie, das Thema und kam vom Theater auf die Wollust in der Kunst zu sprechen.

Dabei erhob die bizarre Amerikanerin sogleich Einspruch:

»Ich finde, daß man nicht über die Rolle der Wollust in der Kunst sprechen darf, meine Freunde, denn die Wollust ist selbst eine Kunst – und vielleicht sogar die schönste von allen. Doch bis auf den heutigen Tag gibt es wenige, die sie in diesem Sinne pflegten. Stellen Sie sich vor, in rot heraufdämmernden Krämpfen zu erzucken, in flammenden Ekstasen, feurig vor Begierde. Sagen Sie mir, ob das nicht ein Vergnügen wäre, das ungleich intensiver schaudern machte als das schale Frösteln der Schönheit, das uns ein geniales Stück Leinwand oder ein wie in Bronze gegossenes Gedicht verschaffen kann? Daß es so ist, können Sie mir glauben. Allerdings muß man wissen, wie man diese Krämpfe in Schwingung versetzt, *wie man sie hervorrufen kann*. Und genau das beherrscht niemand; gerade daran denkt niemand. So sind für alle Welt die Sinnesfreuden nichts weiter als geile Lüsternheit, und sie beschränken sich auf brutale Umarmungen, feuchte Küsse, abstoßende, klebrige Liebkosungen. Ach! Aber jener große Künstler, der die Wollust zu seinem Rohstoff erwählte, zu

* Diese Geschichte ist identisch mit dem ›autobiographischen Geständnis‹, das der avantgardistische Künstler Guilherme de Santa-Rita Pintor im Oktober 1912 im Pariser Tanzlokal *Bullier* machte. Der verblüffte Sá-Carneiro fragte sich hinterher im Brief an Pessoa, ob all das aufrichtig oder zum Spaß erfunden war.

welch wunderbar irrealen Werken könnte er sich aufschwingen! … Er hätte das Feuer, das Licht, die Luft, das Wasser – und Klänge, Farben, Düfte, Rauschmittel und Seidenstoffe –, so viele neue Sinnesreize, die noch nicht ausgeschöpft wurden … Wie stolz wäre ich, die Künstlerin zu sein, die das zuwege brächte! … Und ich träume von einem großen Fest in meinem Märchenpalast, wo ich Sie alle durch Wollust in Erstaunen versetzte …, wo ich geheimnisvolle Schauder aus Licht auf Sie niedergehen ließe, bunte Feuer – und eure Körper würden schließlich das Feuer und das Licht fühlen, die Düfte und die Klänge, die ins Fleisch eindringen, um dort zu zerströmen, zu zerstäuben, zu zerstören! Haben Sie denn nie diese seltsame Wollust des Feuers bemerkt, die Perversität des Wassers, die verruchte Eleganz des Lichts? … Ich versichere Ihnen, daß ich wahre sexuelle Erregung fühle (*gepaart aber mit vergeistigten Wünschen nach Schönheit*), wenn ich meine nackten Schenkel in einen Teich eintauche, wenn ich eine weißglühende Fackel betrachte, wenn ich meinen Körper mit elektrischen Lichtströmen illuminiere … Meine Freunde, glauben Sie mir, Sie sind nichts weiter als ein Haufen Barbaren, so sehr Sie sich auch anstrengen, wie elegante, komplizierte Künstler zu erscheinen!«

Gervasio protestierte – nein, die Wollust wäre keine Kunst. Wenn man ihm die Askese, die Entsagung genannt hätte. Das ja! … Aber die Wollust eine Kunst? Banalitäten … Das habe doch schon alle Welt gesagt oder zumindest mehr oder weniger gedacht.

Und so gab er in herrlicher Weise zu verstehen, daß er diese Meinung ablehnte, nur weil sie ihm die allgemein verbreitete zu sein schien.

Während der ganzen Unterhaltung hatten nur die beiden kleinen Engländerinnen Jenny und Dora nie das Wort ergriffen – aber ihre blauen und hellen Augen ließen nicht einen Augenblick von Gervasio ab.

Inzwischen waren die Stühle gerückt worden, und jetzt kam der Bildhauer neben der Amerikanerin zu sitzen. Welch herrliche Gruppe! Und wie schön vermählten sich doch ihre beiden Profile, abgetönt im selben Schatten – zwei einzigartige, hinreißende Bestien der Liebe, die Sphinx-Düfte, leuchtende Monde, purpurne Sonnenuntergänge wachriefen. Schönheit, Perversität, Laster und Krankheit.

Aber die Nacht senkte sich herab. Ein Liebespaar der *Grande Monde* trat ein und flüchtete sich ins berühmte Lokal, das in der Wintersaison fast ausgestorben war.

Die exzentrische Amerikanerin gab das Zeichen zum Aufbruch. Und als sie sich erhob, nahm ich verschwommen wahr, daß sie an ihren nackten Füßen seltsame Sandalen trug ... *an den nackten Füßen mit den goldenen Nägeln ...*

Als wir an der Porte Maillot in den *tramway* zum Montparnasse einstiegen, fragte mich Gervasio sogleich: »Nun, Lucio, was halten Sie von meiner Amerikanerin?«

»Hochinteressant.«

»Wirklich? Aber Sie finden doch sicher kein Gefallen an diesen Leuten. Dafür habe ich Verständnis. Sie sind eine einfache Natur, und daher ...«

»Ganz im Gegenteil«, widersprach ich in meiner

Blödheit, »ich bewundere diese Leute sehr. Ich finde sie außerordentlich interessant. Und was meine Einfachheit betrifft …«

»Ah, ich meinerseits muß gestehen, daß ich sie bewundere … ich schmelze für sie dahin. Ich fühle in mir so viele Gemeinsamkeiten mit diesen Geschöpfen … ebenso wie ich sie mit den Päderasten fühle … oder mit den Prostituierten … Oh! es ist schrecklich, mein Freund, schrecklich …« Ich lächelte nur. Ich war schon daran gewöhnt. Mir war schon zu Genüge bekannt, was das alles bedeutete. Mit einem Wort: *Kunst.*

Denn Gervasio ging von dem Prinzip aus, daß der Künstler sich nicht durch seine Werke beweise, sondern einzig und allein durch seine Persönlichkeit. Soll heißen: Dem Bildhauer war das Werk eines Künstlers im Grunde ziemlich gleichgültig. Allerdings verlangte er von ihm, daß er in seinem Äußeren, in seiner Seinsart, in seinem Auftreten interessant und genial wäre, kurzum:

»…, mein Freund, man kann einen feisten Zechbruder wie den langweiligen Balzac mit seinem Buckel, der in seiner Konversation und seinen Ansichten plump ist, wirklich keinen Künstler nennen; das ist weder gerecht noch zulässig.«

»Aber, aber …«, widersprach ich und begann wahrhaft große Künstler aufzuzählen, deren Physiognomie unvorteilhaft ist.

Doch Gervasio Vila-Nova hatte auf alles Antworten, die Gold wert waren. War zum Beispiel der Genannte einer der Künstler, die er schon einmal aufgrund ihrer Werke vor mir gelobt hatte, was selten vorkam, dann entgegnete er mir:

»Mein Freund, verzeihen Sie mir, aber Sie sind wenig hellsichtig. Derjenige, den Sie mir nennen, mag zwar auf den ersten Blick durchschnittlich erscheinen, aber in Wirklichkeit ist er ganz Flamme. Wissen Sie denn nicht, daß …«

Und dann erfand er irgendeine interessante, schöne, kräftige Anekdote, die er seiner Person zuschrieb …

Und ich verfiel in Schweigen …

Ein weiterer Charakterzug Gervasios bestand darin, die Individualitäten so zurechtzubasteln, wie sie ihm gerade zupaß kamen, und nicht darauf zu sehen, wie sie wirklich waren. Wenn ihm eine Person vorgestellt wurde, für die er aus irgendeinem Grunde Sympathie hegte, dann stattete er sie sofort mit Ansichten und Lebensstil nach seinem Geschmack aus, auch wenn der Betreffende in Wirklichkeit genau das Gegenteil von alledem war. Natürlich kam dann eines Tages die Enttäuschung. Doch bis dahin brachte er lange Zeit die Kraft auf, den Zauber aufrechtzuerhalten …

Auf der Fahrt mußte ich ihm dann einfach meine Beobachtung mitteilen:

»Haben Sie bemerkt, daß sie an den nackten Füßen Sandalen trug und goldene Nägel hatte?«

»Sie glauben wirklich? … Das kann nicht sein …«

Die unbekannte Fremde beeindruckte mich lebhaft, und vor dem Einschlafen schwelgte ich lange in Gedanken an sie und an die Runde, die wie gebannt auf sie schaute. Ach, wie recht hatte Gervasio, wie ich diese Leute doch im Grunde verabscheute – *die Künstler*. Das heißt, die falschen Künstler, deren Werk sich auf ihre Attitüden beschränkt: daß sie gestelzt sprechen, daß sie sich in ihren Gefühlen und Neigungen kapriziös, gereizt und unausstehlich geben. Kurzum, daß sie die Kunst nur dort ausbeuten, wo sie falsch und äußerlich ist.

Aber mein Verstand brachte in seiner Inkohärenz sogleich einen anderen Gedanken hervor: »Nun, wenn ich sie hasse, dann ist es letztlich nur deswegen, weil ich sie beneide und nicht so sein kann, es nicht verstehe, so zu sein, wie sie sind ...«

Auf jeden Fall zogen sie mich, auch wenn ich sie wirklich verachtete, genauso gewiß an wie ein verderbliches Laster.

Eine ganze Woche brachte ich zu, ohne Gervasio zu sehen, was selten vorkam.

Schließlich begegneten wir uns, und er erzählte mir:

»Wissen Sie, ich bin mit unserer Amerikanerin näher bekannt geworden. Sie ist wirklich eine ungewöhnlich interessante Person. Und sehr der Kunst zugetan ... Die zwei kleinen Fräulein sind ihre Geliebten. Sie ist nämlich eine große Lesbierin.«

»Das kann nicht sein ...«

»Wenn ich es Ihnen versichere ...«

Und wir sprachen nicht weiter über die Fremde.

Ein Monat verging. Ich hatte die rotblonde Frau schon vergessen, als mir eines Nachts der Bildhauer unvermittelt anvertraute:

»Richtig! Fast hätte ich es vergessen, diese Amerikanerin, die ich Ihnen neulich vorgestellt habe, gibt morgen eine große Soiree. Sie sind auch eingeladen.«

»Ich!? ...«

»Ja, Sie. Sie sagte mir, ich solle ein paar Freunde mitbringen. Und sie sprach mir von Ihnen. Sie schätzt Sie sehr … Diese Soiree dürfte spannend werden. Es gibt zum Abschluß eine Vorstellung – ein paar Apotheosen, Ballettnummern oder so was ähnliches. Wenn es jedoch für Sie zu langweilig ist, dann sagen Sie ab. Ich kann mir vorstellen, daß Sie keinen Geschmack an diesen Dingen finden …«

Ich erhob Einspruch, wie gewöhnlich auf meine dumme, einfältige Weise. Ich beteuerte, daß ich ganz im Gegenteil großen Wert darauf legte, ihn zu begleiten, und so verabredeten wir uns für die kommende Nacht um zehn Uhr in der Closerie.

Am Tag des Festes bereute ich, daß ich zugesagt hatte. Mir war das mondäne Leben derart zuwider … Und dann, sich in einen Smoking zwängen zu müssen, eine Nacht zu vergeuden … und so weiter, und so fort …

Als ich ins Café trat, war – wie außergewöhnlich! – mein Freund schon da. Er sagte mir:

»Ach … wissen Sie, wir müssen noch auf Ricardo de Loureiro warten. Er ist auch eingeladen, und wir haben ausgemacht, daß er sich hier mit mir trifft. Ah, sieh an, da kommt er schon …«

Und er stellte uns einander vor:

»Der Schriftsteller Lucio Vaz.«

»Der Dichter Ricardo de Loureiro.«

Und ein jeder sagte zum anderen:

»Sehr erfreut, Sie persönlich kennenzulernen.«

Unterwegs entspann sich eine Unterhaltung, und sogleich beim ersten Kontakt empfand ich lebhafte Sympathie für Ricardo de Loureiro. In diesem arabischen Gesicht mit den markanten, entschlossenen Zügen verriet sich eine offenherzige Natur – noch mehr ins Licht gesetzt durch geniale, pechschwarze Augen.

Ich sprach ihm von seinem Werk, das ich bewunderte, und er erzählte mir, daß er meinen Novellenband gelesen und vor allem die Erzählung mit dem Titel *João Tortura** sein Interesse geweckt hätte. Das schmeichelte mir nicht nur, sondern mehr noch, ich begann mich dem Dichter näher zu fühlen, da ich in ihm eine Natur erahnte, die ein bißchen meine Seele verstand. Tatsächlich hatte ich diese Novelle am liebsten, sogar bei weitem, und doch war es die einzige, die von keinem Kritiker gelobt wurde – selbst meine Freunde, ohne es mir direkt zu sagen, schätzten diese am wenigsten.

Im übrigen war die Konversation des Künstlers nicht nur einnehmend, sondern auch überaus brillant, und zum ersten Mal sah ich Gervasio verstummen und zuhören, gerade ihn, der sonst in allen Gesprächsrunden auftrumpfte.

Plötzlich hielt unser Coupé vor einem großartigen Palast der Avenue du Bois de Boulogne, der hinter den roten Seidenvorhängen ganz und gar erleuchtet war, was einen phantastischen Eindruck machte. Viele Kutschen drängten sich vor dem Portal – allerdings eine Mischung aus mehr oder weniger abgenutzten Droschken und einigen prächtigen Equipagen.

Wir stiegen aus.

Am Eingang nahm uns ein Lakai wie im Theater die Einladungskarten ab, und ein anderer schob uns sofort in einen Aufzug, der uns schnell in den ersten Stock

* Johann Qual

beförderte. Dort bot sich unseren Augen ein erstaunliches Schauspiel:

Ein großer ovaler Saal, dessen Decke sich in schwindelnden Höhen zu einer schimmernden Kuppel wölbte, die auf vielfarbigen Säulen in zauberhaften Voluten ruhte. In der Tiefe des Saales eine seltsame Bühne, die von Bronzesphinxen getragen wurde und von der man über Stufen aus rosafarbenem Marmor in ein großes halbrundes Becken, das mit kristallklarem Wasser gefüllt war, hinabsteigen konnte. Drei Galerien mit Säulen übereinander, was dem gesamten großen Saal das Gepräge eines opulenten, phantastischen Theaters verlieh.

Irgendwo im Verborgenen spielte ein Orchester unablässig Walzermusik. Selbstverständlich richteten sich bei unserem Eintreten alle Blicke auf Gervasio Vila-Nova, der priesterhaft majestätisch und wunderschön in seinem engtaillierten schwarzen Frack erschien. Und sogleich eilte die Amerikanerin auf uns zu, um unsere Meinung über den Saal zu erfahren. Tatsächlich hatten ihn die Architekten erst vor zwei Wochen für vollendet erklärt. Dieses prächtige Fest fand zu seiner Einweihung statt.

Wir ergingen uns in Ausrufen hellen Staunens angesichts dieses Wunderwerks, woraufhin die Bezaubernde mysteriös lächelte:

»Später möchte ich Ihr genaueres Urteil hören, *vor allem was das Licht betrifft …*«

Das Kleid der Amerikanerin war eine Sensation. Eine Tunika aus einem sehr seltsamen Gewebe, das man unmöglich beschreiben kann, hüllte sie ein. Es war wie ein engmaschiges Netz aus metallischen Fäden – allerdings aus den verschiedensten Metallen, verschmolzen in einem rotglühenden Glitzern, in dem sich alle Farben für Momente wild aufschreiend ineinanderkrallten, dann wieder sanft verströmten, während astrale Wirbel reflektierenden Lichts darüber hinwegzischten. *All die Farben taumelten wie trunken in ihrer Tunika.*

Wenn man genau hinsah, konnte man zwischen den Maschen des Gewebes die nackte Haut erkennen; und eine Brustwarze stach golden hervor.

Die goldblonden Haare trug sie in wilden Locken und verwoben mit Edelsteinen, die diese Flammenzungen zu Strahlen eines höheren Lichts veredelten. In ihre Arme bissen sich gewundene Smaragdschlangen. Kein einziges Juwel verdeckte das tiefausgeschnittene Dekolleté ... Eine betörende Statue des gequälten Verlangens, des platinierten Lasters ... Und all ihr Fleisch verströmte in blauer Finsternis einen schweren Duft nach Verbrechen.

Nach wenigen Augenblicken entfernte sie sich von uns, um andere Gäste willkommen zu heißen.

Der Saal füllte sich unterdessen mit einer exzentrischen und seltsamen Menschenmenge. Da waren merkwürdige Frauen, fast nackt in ihrer gewagten Ballgarderobe, und undurchsichtige Männermienen über eintönigen schwarzen Anzügen. Es gab zottige, goldblonde Russen, Skandinavier mit sanften, fast weißen Locken, dichtbehaarte, borstige Südländer – einen Chinesen und einen Inder. Kurz und gut, bestimmt war hier das ganze kosmopolitische Paris versammelt – mondän, snobistisch und genial.

Bis Mitternacht tanzte man und trieb Konversation.

In den oberen Rängen herrschte ein höllisches Spielfieber. Dann wurde das Festmahl angekündigt, und wir alle begaben uns in den Speisesaal – ein weiteres Wunderwerk.

Kurz zuvor gesellte sich die Amerikanerin zu uns und vertraute uns an: »Nach dem Festmahl ist das Schauspiel an der Reihe – mein Triumph! Ich wollte darin all meine Gedanken über die Wollust-Kunst verdichten. Lichter, Körper, Düfte, das Feuer und das Wasser – alles wird sich in einer Orgie des zu Gold vergeistigten Fleisches vereinen!«

Als wir wieder in den großen Saal traten, hatte ich für meinen Teil, das gebe ich zu, Angst … ich wich zurück …

Das ganze Szenarium war verwandelt – als wäre es nicht mehr der gleiche Saal. Jetzt überschwemmte ihn ein schwerer, ekstatisch aufgeladener Duft, durchrauschte ihn eine mysteriöse Brise, *eine graue Brise mit Gelbschimmer*, so erschien es mir absonderlicherweise, wer weiß warum; ein Windhauch, der unser Fleisch zu neuen Schauern aufpeitschte. Doch das Großartigste, das Berauschendste war zweifellos die Beleuchtung. Ich erkläre mich für unfähig, sie zu beschreiben. Ich könnte allenfalls eine Anstrengung unternehmen und skizzieren, worauf ihr schmachtender Zauber beruhte:

Dies offenbar elektrische Licht entströmte einer unendlichen Menge von Kugeln, seltsamen Kugeln, deren Farbe, Aussehen und Transparenz variierte –

strömte aber vor allem aus Wellen, die verborgene Projektoren gleißend aus den Säulengängen hervorsprudelten. Nun flossen diese Lichtkaskaden, die sich alle auf denselben chimärischen Punkt des Raumes richteten, dort wirbelnd zusammen – und von diesem meteorischen Strudel wurden sie heftig zurückgeschleudert und projizierten sich auf Wände und Säulen, verbreiteten sich über den ganzen Saal, der somit verherrlicht und entrückt wurde.

Auf diese Weise war das gesamte Licht eine Projektion des Lichtes selbst – die Wandlung in ein anderes Licht. Aber Tatsache ist, daß das Wunder, das uns erleuchtete, uns nicht wie Licht vorkam. Es erschien uns wie irgend etwas anderes – ein neuartiges Fluidum. Ich komme keineswegs ins Phantasieren, sondern beschreibe nur eine wirkliche Empfindung: Dieses Licht fühlten wir mehr, als daß wir es sahen. Und ich wage sogar zu behaupten, daß es nicht unsere Netzhaut reizte, sondern unseren Tastsinn. *Wären uns plötzlich die Augen ausgerissen worden, so hätten wir auch nicht weniger gesehen.* Und dann – und das war in der Tat das Bizarrste, das Faszinierendste – atmeten wir dieses merkwürdige Fluidum. Ohne jeden Zweifel schlürften wir dieses Licht zusammen mit der Luft, mit dem Purpurduft der Luft in uns hinein. Und dieses Licht ertränkte uns in einer irisierenden Ekstase, hob uns in schwindelnde Höhen, drang in unser Blut ein, brachte den ganzen Körper zum Klingen. Ja, dies magische Licht hallte in uns wider, weitete unsere Sinne, löste uns auf in vibrierende Rührung, goß uns aus, betäubte uns ... Unter diesem Licht war all unser Fleisch empfänglich für Zuckungen, Düfte, Melodien! ...

Und es war nicht etwa so, daß dieses blendende Mysterium nur uns feinfühlige Künstler und Überzivilisierte aufpeitschte: kurze Zeit später sollten die verwirrten Mienen und fahrigen Gesten aller Zuschauer bezeugen, wie sie unter diesem Licht von jenseits der Hölle, diesem *sexualisierten* Licht ein rotblonder Zauber durchdrang.

Dann plötzlich verwandelte sich die ganze Beleuchtung, indem sie gleichsam bogenförmig nach unten glitt. Nun löste uns ein anderes, sanfteres Entzücken auf, als wenn verliebten Bissen Smaragdküsse folgten.

Eine durchdringende Musik erklang in dieser neuen Morgenröte in fremdartigen Rhythmen – eine harte Begleitmelodie aus wühlenden, aufeinanderschlagenden Kristallteilen, wirbelnden Schwertschneiden, die die Luft nuancenreich erfrischten, und fein verdampfenden feuchten Klangstreifen …

Doch eigentlich hatte man uns um unseren Genuß gebracht, da wir an demjenigen Punkt zurückgehalten wurden, an dem wir im Begriffe waren, uns in einer letzten Zuckung der Seele aufzulösen.

Und im Hintergrund ging der Theatervorhang vor einem strahlenden Szenarium hoch … Das beunruhigende Licht verlosch, und uns erleuchteten nur die Ströme weißer Elektrizität.

Auf der Bühne erschienen drei Tänzerinnen. Sie traten mit gelöstem Haar auf – rote Blusen schlossen sich um ihre Taillen, während die Brüste frei hin und her wippten. Von ihren Hüften hingen dünne Gaze-Streifen. Am Unterleib ließen die Blusen und die Gaze einen Zwischenraum frei – einen Streifen nackter Haut, auf dem sich symbolhaft Blumen abzeichneten.

Die Ballerinen begannen ihren Tanz. Ihre Beine waren nackt. Sie machten Drehungen, Sprünge, vereinten sich, verschlangen ihre Gliedmaßen ineinander, bissen sich in die Münder …

Die Haare der ersten waren schwarz und ihre Haut glänzend braun von der Sonne. Die aus güldener Morgenröte ziselierten Beine flogen dahin im strahlenden Licht und veredelten sich dicht neben dem Geschlecht zu rotgoldenem Fleisch, in das man am liebsten zart hineingebissen hätte.

Aber was diese Beine noch erregender machte, war die Sehnsucht – sie erinnerten an einen großen blauen See von kristallenem Wasser, in den sie bei Mondschein nackt und lieblich eintauchten.

Die zweite Tänzerin war der typische Fall eines lüsternen Backfisches. Mager, obgleich die Brüste gut sichtbar waren, die Haare von einem schmutzigen Blond, freches Gesicht, Stupsnase. Auch ihre Beine weckten das brutale Verlangen, sie zu beißen, da sie von Muskeln, von Härte – männlich – entstellt waren.

Die dritte schließlich verwirrte am meisten die Sinne: Es war ein frigides Mädchen, sehr bleich und abgezehrt, knochig, das mit seinen zernagten Totenbeinen an Versenkung ins Jenseits, an Siechtum denken ließ.

Der Tanz ging unterdessen fort. Nach und nach wurden die Bewegungen immer schneller, bis sich zum Schluß ihre Münder wild zuckend vereinigten, sich die Körper ineinander verhakten, während all die Schleier aufrissen und somit Brüste, Bauch und Geschlecht bloßlagen, dahinsterbend in Windungen des Lasters.

Und der Theatervorhang senkte sich in derselben leuchtenden Gelassenheit wieder herab …

Danach gab es noch andere herrliche lebende Bilder: nackte Tänzerinnen, die einander im halbrunden Becken verfolgten und mit der sexuellen Anziehungskraft des Wassers spielten; seltsame Ballerinen, die Düfte verströmten und schmachtend die phantastische Atmosphäre im Saal noch drückender machten; Apotheosen aufgehäufter nackter Körper – verruchte Visionen in grellen Farben, die zuckend herumwirbelten; Symphonien aus Samt und Seide, die sich über nackte Leiber hinwegwanden …

Aber all diese Wunder – unglaublich in ihrer Perversität, gewiß – erregten in uns nicht körperliche, geile und tierische Gelüste, sondern vielmehr ein glühendes und zugleich sanftes Verlangen der Seele. Es war außergewöhnlich, deliziös.

Plötzlich wußten wir, was Exzeß bedeutet.

Indessen wurden die Delirien, die unsere Seele verzückten, nicht allein durch die lasziven Visionen hervorgerufen. Dies auf keinen Fall. Was uns erbeben ließ, was wir empfanden, war vollkommen identisch mit dem Erlebnis, eine großartige Partitur in der Aufführung eines Meisterorchesters zu hören. Die sinnlichen Bilder dienten diesem Orchester lediglich als Instrumente, ergänzt durch Lichter, Düfte, Farben … So war es – all diese Elemente verschmolzen in einer herrlichen Synthese, die uns die Seele blähte und gleichzeitig durchdrang und die allein unsere Seele in einem fernen Fieber, im Erbeben innerer Abgründe spürte. Wir waren ganz Seele. *Nur aus der Seele rührten unsere fleischlichen Begierden.*

Doch dies alles war nichts wert im Vergleich mit der letzten Erscheinung:

Dichter, schneidender und durchdringender blitzten die Lichter, die sich jetzt aus der Höhe der Kuppel ergossen – und der Theatervorhang riß über einer Art asiatischem Tempel auf … Zu den Klängen einer schweren, heiseren, fernen Musik – erschien *sie*, die rotblonde Frau …

Und sie begann zu tanzen …

Eine weiße Tunika mit gelbem Saum hüllte sie ein. Die Haare gelöst, wie irrsinnig. Phantastische Juwelen an den Fingern; und die Füße nackt, herrlich geschmückt …

Ach, wie soll man nur ihre lautlosen, feuchten, glaskalten Schritte beschreiben; das Raunen ihrer wogenden Haut, den Alkohol ihrer Lippen, die sie in ihrer Extravaganz vergoldet hatte – all diese lässige Harmonie in ihren Gesten, all jene verschwommene Weite, die ihr Wirbeln nebulös heraufbeschwor …

Inzwischen wurde auf einem mysteriösen Altar im Hintergrund das Feuer entzündet …

Laster um Laster, glitt ihr die Tunika herab, bis sie sich in einer erstickten Ekstase zu ihren Füßen wand … Ach! In diesem Augenblick, angesichts des Wunders, das uns durchdrang, konnte niemand einen Aufschrei des Erstaunens unterdrücken …

Wie ein nacktes Trugbild erhob sich ihr entrückter Körper liturgisch zwischen Tausenden von unwirklich glitzernden Funken. Wie die Lippen waren auch die Brustspitzen und das Geschlecht vergoldet – in einem blassen, kränklichen Gold. Und ihre ganze Gestalt wand sich wie eine Schlange in scharlachroter Entrückung, bereit, sich dem Feuer hinzugeben …

Doch das Feuer stieß sie zurück …

Da nahm sie in äußerster Perversion von neuem die Schleier auf und verbarg sich, wobei sie nur ihr goldschimmerndes Geschlecht nackt ließ – schreckliche Fleischblume, die tiefrote Agonien zum Erzucken bringt …

Endlich siegreich, war nun alles ein Leuchten über ihr …

Und wieder enthüllt – sprang sie jetzt glühend und wild zwischen die Feuerzungen, zerriß sie. Verstrickend, *Besitz nehmend* umgürtete sie nun das trunkene Feuer.

Doch schließlich, gesättigt nach seltsamen krampfhaften Anfällen, landete sie mit einem Wundersprung wie ein Meteor – ein feuerblonder Meteor – auf jener anderen Seite, die tausend verborgene Lämpchen aschblau abtönten.

Da kam die Apotheose:

All das blaue Wasser wurde glühend rot, als es sie empfing. Es umbrandete sie und entzündete sich durch ihr Fleisch, das das Feuer durchdrungen hatte … Und vom Verlangen besessen, sich auszulöschen, tauchte die nackte Bestie hinab … Aber je mehr sie versank, desto mehr Feuerschein war um sie herum …

… bis schließlich auf geheimnisvolle Weise das Feuer zu Gold verlosch, während ihr toter Körper heraldisch auf dem Wasser trieb, auf goldenen, stillen Wellen, die auch tot waren …

Das normale Licht war zurückgekehrt. Es war auch Zeit. Frauen zuckten in hysterischen Anfällen; Männer mit rot angelaufenen Gesichtern machten zerfahrene Gebärden …

Die Türen öffneten sich, und wir selbst fanden uns, verloren, ohne Hüte, keuchend und verwirrt auf der Straße … Die frische Nachtluft schlug uns ins Gesicht, ließ uns zur Besinnung kommen – und als ob wir aus einem Traum erwachten, den wir alle drei gleichzeitig geträumt hatten, schauten wir uns verstört in stummem Staunen an.

Ja, der Eindruck war so stark, das Wunder so berauschend, daß es uns nicht gelang, auch nur ein Wort hervorzubringen.

Überwältigt, betäubt kehrte jeder von uns nach Hause zurück.

Als ich am folgenden Nachmittag aus einem elfstündigen Schlaf erwachte, glaubte ich schon nicht mehr daran, daß die bizarre Orgie überhaupt stattgefunden hatte, die *Orgie des Feuers*, wie Ricardo de Loureiro sie später nennen sollte. Ich ging aus und speiste zu Abend.

Als ich ins Café Riche eintrat, klopfte mir jemand auf die Schulter:

»Nun, wie steht's denn mit unserem Freund? Nur zu, Ihre Eindrücke?«

Es war Ricardo de Loureiro.

Wir sprachen lang und breit über die außergewöhnlichen Dinge, die wir erlebt hatten. Und der Dichter schloß, daß ihm all das heute eher wie die Vision eines genialen Onanisten vorkomme denn als die schlichte Realität.

Was die rotblonde Amerikanerin betrifft, so sah ich sie nicht wieder. Selbst Gervasio sprach nicht mehr von ihr. Und als handelte es sich um ein Mysterium aus dem Jenseits, auf das man besser nicht anspielte, fiel nie mehr ein Wort über jene wunderbare Nacht.

Wenn mir die Erinnerung an sie für immer ins Gedächtnis eingegraben bleibt, dann nicht, weil ich sie erlebt habe, sondern deswegen, weil in jener Nacht meine Freundschaft mit Ricardo de Loureiro begann.

So ist es immer. Wir sprechen über bestimmte Ereignisse in unserem Leben, beziehen sie auf andere, noch wichtigere – und oft ist es nur ein Kuß, um den die ganze Welt, die ganze Menschheit kreist.

Im übrigen: Was konnte im vorliegenden Fall die phantastische Nacht bedeuten angesichts unserer ersten Begegnung – *dieser Begegnung, die den Beginn meines Lebens markierte?*

Ah! Zweifellos kann eine Freundschaft, die unter so seltsamen, so verwirrenden, so goldenen Umständen beginnt, nur vorherbestimmt sein …

II

Nach einem Monat waren Ricardo und ich nicht nur zwei unzertrennliche Kameraden, sondern auch enge, aufrichtige Freunde geworden, zwischen denen es keine Mißverständnisse, ja kaum einmal Geheimnisse gab.

Mein Umgang mit Gervasio Vila-Nova brach vollkommen ab.

Zudem kehrte er kurz darauf nach Portugal zurück.

Ach! Wie ganz anders, um wieviel spontaner, um wieviel herzlicher war die Vertrautheit mit meinem neuen Freund! Und wie weit entfernt waren wir von Gervasio Vila-Nova, der aus beliebigem Anlaß Erklärungen wie diese abgab:

»Wissen Sie, Lucio, Sie können sich gar nicht vorstellen, wie leid es mir tut, daß Sie an meinen Werken keinen Gefallen finden.« – Seine Werke waren Skulpturen ohne Kopf und Füße – er modellierte nur verzerrte, monströse Torsos, die jedoch hier und dort an einigen Details den Meister erahnen ließen.

»Aber bilden Sie sich bloß nicht ein, daß ich selbst darunter leide. Denn ich bin davon überzeugt, daß sie etwas wert sind. Es ist *ihretwegen*, denn die Ärmsten können ihre Schönheit nicht fühlen.«

Oder aber:

»Glauben Sie mir, mein Freund, Sie begehen einen

großen Fehler, wenn Sie da unten bei diesen minderwertigen Zeitschriften mitarbeiten, ... wenn Sie Ihre Werke so hastig drucken lassen. Der wahre Künstler soll seine Einzigartigkeit so lang wie möglich unveröffentlicht bewahren. Sehen Sie – habe ich auch nur ein einziges Mal eine Ausstellung veranstaltet? ... Wenn es nach mir ginge, sollte man Bücher nur in einer sehr limitierten Auflage drucken und zu 100 Francs das Exemplar. So macht es ...« –, und er zitierte den Namen des russischen Anführers der *Wilden*. – »Ach! Wie mich alle Reklame anwidert! ...«

Meine Unterhaltungen mit Ricardo waren – interessantes Detail am Rande – von Beginn an eher Seelengespräche als bloße Konversation unter Intellektuellen.

Zum ersten Mal hatte ich wirklich jemanden getroffen, der es verstand, ein wenig in die verborgenen Winkel meines Geistes hinabzusteigen – in die empfindlichsten, dorthin, wo es am meisten schmerzte. Und ihm widerfuhr dasselbe, wie er mir später gestehen sollte.

Wir waren nicht glücklich – o nein! ... Unser beider Leben zog dahin, voll von quälenden Begierden, Unverständnis, dunklen Agonien ...

Wir stiegen höher; wir schwebten über dem Leben. Wir hätten uns am Stolz berauschen können, wenn wir nur gewollt hätten – aber wir litten so sehr ... so sehr ... Unsere einzige Zuflucht lag in unseren Werken.

Um mir seine Qual lebhaft vor Augen zu führen, machte mir Ricardo de Loureiro verwirrende Geständnisse, entwarf seltsame Bilder:

»Ach! Mein lieber Lucio, glauben Sie mir! Mich

kann nichts mehr begeistern; alles verabscheue ich, alles ekelt mich an. Meine seltenen Euphorien – wenn ich mich an sie erinnere, dann entgleiten sie mir – denn wenn ich sie so begutachte, finde ich sie so schäbig, so stümperhaft ... Wissen Sie, früher begann ich immer nachts vor dem Einschlafen in meinem Bett vor mich hin zu phantasieren. Und ich war für Augenblicke glücklich, wenn ich so mit halbgeschlossenen Augen in Ruhm, Liebe und Ekstasen schwelgte ... Aber heute weiß ich nicht einmal, an welchen Träumen ich mich stärken soll. Ich hegte die größten ... sie selbst haben mich übersättigt: Es sind immer dieselben – und es ist mir unmöglich, andere zu finden ... Außerdem bin ich nicht nur der Dinge überdrüssig, die ich besitze, – es langweilen mich auch die, die ich *nicht* habe, denn es sind im Leben und im Traum immer dieselben. Wenn ich trotzdem manchmal darunter leiden kann, bestimmte Dinge nicht zu besitzen, die ich noch nicht vollkommen kenne, dann kommt mir doch aus größerer Distanz betrachtet sogleich die Erkenntnis: Mein Gott, wenn ich sie hätte, um wieviel größer wären da mein Schmerz, mein Ekel ... Daher ist für mich heute *Zeitvergeuden* das einzige Ziel meiner verwüsteten Existenz. Wenn ich reise, wenn ich lebe – mit einem Wort, glauben Sie mir: es dient nur dazu, Augenblicke aufzubrauchen. Aber binnen kurzem (das fühle ich schon voraus) wird mir auch das zum Überdruß werden. Und was ist dann noch zu machen? Ich weiß nicht ... ich weiß nicht ... Ach, wie unendlich bitter ...«

Ich versuchte ihn dann zu ermuntern; ich gab ihm zu verstehen, daß er unbedingt diese niederschmetternden Gedanken vertreiben solle. Eine schöne Zukunft leuchte ihm voraus. Es sei wichtig, Mut zu haben!

»Eine schöne Zukunft? ... Sehen Sie mal, mein Freund, bis jetzt habe ich mich noch nie in meiner Zukunft *gesehen*. Und die Dinge, in denen ich mich nicht *sehe*, passieren mir auch nie.«

Auf eine solche Antwort konnte ich nur eine stumm fragende Geste machen, auf die der Dichter einging:

»Ah, natürlich! Vielleicht haben Sie es nicht verstanden ... Ich habe es Ihnen noch nicht erklärt. Hören Sie zu: Von Kindesbeinen an habe ich die Angewohnheit, mir gewisse mögliche Situationen einer Existenz vorzustellen, wobei ich mich im voraus in ihnen *sehe* oder auch nicht. Wo ich mich zum Beispiel nie gesehen habe, ist im Leben – sagen Sie mir doch, befinden wir uns denn tatsächlich darin? Und das geht bis in die kleinsten Einzelheiten: Meine kindliche Einbildungskraft formte sich im Traum auf romanhafte Art tausend Liebesabenteuer, die übrigens jedermann erlebt. Nun gut, aber niemals sah ich mich in ihnen, als ich mir zusammenphantasierte, wie sie später zum Leben erwachen würden. Und bis heute bin ich der einzige, der in nicht einer dieser amourösen Episoden vorkam. Nicht weil ich ihnen aus dem Weg gegangen wäre ... Noch nie bin ich vor irgend etwas davongelaufen.

Einmal in meinem Leben gab es allerdings doch eine seltsame, geradezu heikle Situation dieser Art. Ich mahnte mich oft, dieses traurige Liebesabenteuer zu einem Ende zu bringen. Und ich wußte auch, welches das natürlichste wäre. Doch gerade diese Situation konnte ich mir niemals vorstellen. Sondern nur ein

Ende anderer Art. Ein solches konnte indessen nur durch meine Vermittlung eintreten. Und es verstand sich, daß es durch meine Vermittlung nicht eintreten konnte, ja nicht einmal *durfte*. So verging die Zeit ... Ich brauche Ihnen nicht zu sagen, daß sich somit gerade das ›Unmögliche‹ vollzog ...

Ich war damals ein Student mit guten Noten, doch ich sah mich nie mit einem Studienabschluß voraus. Eines schönen Tages verließ ich tatsächlich auf einmal grundlos die Universität ... Ich floh nach Paris ...

Im praktischen Leben habe ich mich auch nie vorausgesehen. Bis heute, mit meinen 27 Jahren, habe ich es noch nie fertiggebracht, durch meiner Hände Arbeit Geld zu verdienen. Zum Glück habe ich das auch nicht nötig ... Und mir gelang es nicht einmal, ins Leben einzutreten, ins einfache LEBEN in Großbuchstaben – ins soziale Leben, wenn Sie wollen. Es ist doch komisch: Ich bin ein Einzelgänger, der die halbe Welt kennt, ein Deklassierter, der nicht die geringste Schuld zu begleichen hat, ein Schandfleck – den indes alle achten und der doch nirgends zugelassen ist ... Tatsächlich habe ich mich niemals irgendwo ›zugelassen‹ *gesehen*. Selbst in den Kreisen, in die man mich aufgenommen hat, habe ich mich immer, wer weiß wieso, als Fremder gefühlt ...

Und es ist schrecklich; manchmal quält mich diese meine Zauberkraft: Wenn ich nämlich nicht *voraussehe*, daß durch mich ein gewisses Werk geschaffen wird, dessen Plan mich heute fasziniert, so ist bereits sicher, daß ich es nicht werde vollbringen können – und daher enttäuscht mich dann schnell allein die Vorstellung, auch wenn ich sie im Grunde bewundernswert finde.

Kurz und gut, damit Sie mich besser verstehen: Diese Empfindung gleicht – im genau entgegengesetzten Sinne – einer anderen, von der Sie sicherlich schon gehört haben, wenn Sie sie nicht bereits selbst erfuhren: dem *Déjà-vu*. Ist es Ihnen nie passiert, daß Sie zum ersten Mal eine Gegend oder einen Schauplatz besucht haben und Sie gleichzeitig die verschwommene, beunruhigende Erinnerung befiel, daß Sie schon einmal – *Sie wissen nicht, wann oder wo* – in dieser Gegend gewesen waren oder jenen Schauplatz schon gesehen hatten? …

Kann sein, daß Sie, mein Freund, nicht begreifen, was diese beiden Vorstellungen gemeinsam haben. Ich kann es Ihnen nicht erklären – obgleich ich fühle, ja die Gewißheit habe, daß diese Beziehung existiert.«

Ich antwortete etwas Vages, und der Dichter fuhr fort:

»Aber ich habe Ihnen noch nie das Seltsamste erzählt. Ich begreife mich nämlich in gewisser Weise als Greis, auch wenn ich mich noch keineswegs gebrechlich oder sterbend sehe. Nicht einmal von eigener Hand getötet sehe ich mich – und daher versuche ich mich manchmal einer Illusion hinzugeben: Glauben Sie mir, *mein Vertrauen in meinen Aberglauben ist so groß, daß ich* (und das schwöre ich Ihnen) *nicht an meinen Tod glauben würde, wäre es denn nicht absolut erwiesen, daß wir alle sterben müssen – weil ich mich nicht tot ›sehe‹*.«

Ich lächelte über diesen geistreichen Einfall.

Entfernte Bekannte betraten das Café, in dem wir uns niedergelassen hatten. Sie setzten sich zu uns, und sogleich glitt die Konversation banal und leicht in eine andere Richtung.

Andere Male kam mir Ricardo mit versponnenen Offenbarungen, die ein bißchen an die Snobismen von Vila-Nova denken ließen. Allerdings wußte ich bei ihm, daß all das wahr und aufrichtig gefühlt war. Im Extremfall sogar *bereits als Literatur gefühlt*. Tatsächlich erklärte mir der Dichter eines Nachts:

»Ich versichere Ihnen, mein Freund, daß alle Gedanken, die Ihnen in meinen Werken begegnen, selbst die ungewöhnlichsten und unmöglichsten, zumindest bis zu einem gewissen Grad aufrichtig sind. Will sagen, daß sie Empfindungen übersetzen, die ich in Wirklichkeit hatte; Gedanken, die mir wahrhaft in den Sinn kamen über irgendwelche Feinheiten meiner Psyche. Es kann allerdings sein, daß sie bereits bei ihrem Entstehen literarisiert hervortreten ...«

Aber um wieder auf jene versponnenen Offenbarungen zurückzukommen:

Als hätten wir Gefallen daran gefunden, uns ins normale Leben zu stürzen und uns selbst zu vergessen, besuchten wir oft ein Theater und eine *music hall* nach der anderen, auch in dem Verlangen, uns durch dieses so überaus moderne, europäische und luxuriöse Ambiente aufreizen zu lassen.

So sahen wir einmal in einer Revue im *Olympia* ein paar Tanznummern englischer *girls*, als mich Ricardo fragte:

»Sagen Sie, Lucio, leiden Sie denn nicht an gewissen unerklärlichen und unsinnigen Ängsten?«

»Eigentlich nicht, höchstens ganz vage«, sagte ich.

»Das kann ich von mir nicht behaupten«, erwiderte der Künstler. »Wenn Sie es genau wissen wollen – ich habe Angst vor diesen Tänzerinnen.«

Ich brach in Gelächter aus.

Ricardo fuhr fort:

»Ich weiß nicht, ob es Ihnen aufgefallen ist, aber in allen *music halls* ist es jetzt Mode geworden, diese englischen Mädchengruppen auftreten zu lassen. Nun, diese Persönchen gleichen sich alle, immer gleich angezogen, dieselben nackten Beine, dieselben sanften Züge, dieselbe süße Miene. Daher bemühe ich mich vergeblich, jede einzelne von ihnen als Individualität zu begreifen. Ich kann ihnen kein Leben zuordnen – einen Geliebten, eine Vergangenheit, gewisse Gewohnheiten, ein gewisses Sein. Ich kann sie nicht aus ihrem Ensemble herauslösen; daher rührt mein Entsetzen. Ich mache keinen Spaß, mein Freund, das versichere ich Ihnen.

Aber das sind nicht meine einzigen Ängste. Ich habe noch viel mehr. Zum Beispiel die Furcht vor Torbögen – vor manchen Triumphbögen und vor allem manch engen alten Stadttoren. Nicht eigentlich vor den Bögen, sondern eher vor dem Luftraum, den sie begrenzen. Und ich erinnere mich, daß mich eine geheimnisvolle Beklemmung befallen hatte, als ich am Ende einer menschenleeren Straße, ich weiß nicht mehr, in welcher Stadt, ein kleines Tor oder besser gesagt einen Durchlaß entdeckte, der sich zum Unendlichen hin öffnete. Sie haben richtig gehört – zum Unendlichen. In der Tat stieg die Straße an, und jenseits dieses Monuments begann sie wohl abzufallen. So daß ich von weitem nur den Horizont hinter diesem Bogen sah. Ich gestehe Ihnen, daß ich einige Minuten innehielt, nur um ihn fasziniert zu betrachten. Mich befiel das heftige Verlangen, die Straße bis zum Ende hochzugehen, um herauszufinden, in welchen Abgrund sie führte. Aber mir sank der Mut ... Erschreckt suchte ich das Weite. Und Sie sehen, wie gewaltig dieses Erlebnis war, denn ich weiß nicht einmal mehr, wie die triste Stadt hieß, in der mir das widerfuhr ...

Als ich klein war (nun, eigentlich noch heute!), erschreckten mich die Spitzbögen der Kathedralen, Gewölbe, Schatten hoher Säulen, Obelisken, breite Marmortreppen ... Im Grunde ist mein ganzes psychisches Dasein bis heute nur eine Projektion meiner kindlichen Gedankenwelt gewesen, lediglich erweitert und modifiziert, aber immer im selben Sinne, in derselben Ordnung, nur auf anderer Ebene.

Und schließlich noch etwas in bezug auf Ängste: So wie mich bisweilen von Bögen eingefaßte Leerräume erschrecken, so verstört mich auch der Himmel über engen Straßen zwischen hochaufragenden Gebäuden, die plötzlich in engen Kurven gleichsam in sich zusammenstürzen.«

Sein Gemüt war sicherlich überaus anfällig für Überspanntheiten, denn noch in derselben Nacht gab er, als wir das Theater verließen, folgende absonderlichen Erklärungen zum besten:

»Mein lieber Lucio, Sie werden sich sicherlich wundern, aber ich versichere Ihnen, daß es keine verlorene Zeit war, sich diese seichte Revue anzusehen. Ich habe den Hauptgrund meines Leidens gefunden. Erinnern Sie sich an den Hühnerstall auf der Bühne? Die armen Vögel wollten schlafen. Sie steckten die Schnäbel unter die Flügel, aber schreckten sofort hoch, als die Lichtkegel der Projektoren die ›Stars‹ beleuchteten und dieser Bauer herumsprang ... *Meine Seele, sie tau-*

melt wie diese armen Tiere schlaftrunken umher – dieser Gedanke kam mir, als ich sie betrachtete. Ja, meine Seele möchte schlafen, und eine Minute um die andere wird sie von Lichtkegeln und lärmendem Geschwätz geweckt, von großen Begierden, glühenden Ideen, tosendem Ehrgeiz – von goldenen Träumen, grauer Realität … Sie litte weniger, wenn sie überhaupt nie einschlafen könnte. Was bei dieser höllischen Qual tatsächlich am meisten an meinen Nerven zehrt, ist, daß meine Seele oft dabei ist einzuschlummern, *die Augen zu schließen* – verzeihen Sie mir diese versponnene Formulierung. Aber kaum sind sie zu, wird sie wachgepeitscht und taumelt verloren in ihrer benommenen Qual …«

Später sollte er an diese Feststellung anknüpfen und fortfahren:

»Mein geistiges Leiden ist in diesen Tagen, wenn auch ohne bestimmten Grund, um so viel stärker geworden, so sehr, daß ich heute meine Seele körperlich spüre. Ach, es ist schrecklich! Meine Seele ist nicht nur bedrückt, *sie blutet*. Die seelischen Schmerzen verwandeln sich in echte, physische, in schreckliche Qualen, die ich konkret fühle – *nicht an meinem Körper, sondern in meinem Geist*. Ich gebe zu, es ist sehr schwierig, das jemandem verständlich zu machen. Doch Sie können mir glauben, ich schwöre Ihnen, daß es so ist. Deshalb habe ich in einer der letzten Nächte davon gesprochen, daß meine Seele schlaftrunken herumtaumelt. Ja, meine arme Seele zieht todmüde ihre Kreise, weil man sie nicht schlafen läßt – sie friert, und ich kann sie nicht wärmen! Sie verhärtet sich völlig! Trocknet aus, verknöchert. Wenn ich sie also heute bewegen – das heißt denken – will, ruft das furchtbare Schmerzen hervor. Und je mehr sich meine Seele verhärtet, desto größeres Verlangen habe ich zu denken! Ein Wirbel von Ideen (verrückten Ideen!) durchpfeift mich, um sie zu zerlegen, um sie zu beuteln, zu zerreißen in einem atemberaubenden Martyrium! Bis sie mir eines Tages – oh, es ist fatal – zerbrechen wird, auseinandersplittern … meine arme Seele! Meine arme Seele! …«

Bei diesen Gelegenheiten schob sich ein Lichtschleier vor Ricardos Augen. Sie glänzten nicht, sondern sie verhüllten sich mit einem Lichtschleier. Es war sehr seltsam, doch es war so.

Immer wieder erging er sich über die physischen Schmerzen seines Geistes; und in einem scherzhaften Ton, den er selten annahm, vertraute mir der Dichter eines Abends plötzlich folgendes an:

»Manchmal beneide ich so sehr meine Beine … denn ein Bein leidet nicht. Es hat ja keine Seele, mein Freund, keine Seele! …«

Lange Stunden grübelte ich einsam über die Eigentümlichkeiten dieses Künstlers nach, ohne zu einem Schluß zu gelangen. Tatsächlich verstand ich es nie, seine Psyche zu begreifen, so daß es bei dem Urteil blieb: Er war ein höheres Wesen – genial, verwirrend. Noch heute, nach so langen Jahren, ist dies meine einzige Gewißheit, und daher beschränke ich mich darauf, die charakteristischen Züge seiner psychischen Verfassung ungeordnet so zu erzählen, wie sie mir einfallen, als bloße Dokumente zu meiner Verteidigung.

Tatsachen, reine Fakten, wie ich zu Beginn angekündigt habe.

Unsere Seelen verstanden sich auf das vollkommenste – so gut, wie es nur zwei verwandten Seelen möglich ist. Und doch waren wir überaus verschiedene Wesen. Es gab wenig Gemeinsames in unseren Charakteren. Streng genommen waren wir uns nur in einem einzigen Punkt einig, nämlich in unserer Liebe zu Paris.

»Paris! Paris!« rief der Dichter aus, »warum bin ich so sehr in dich verliebt? Ich weiß es nicht ... Es reicht aus, mich daran zu erinnern, daß ich zu dieser Metropole der Romania gehöre, damit eine Welle von Stolz, von Jubel und Erhebung in mir anbrandet. Paris! – das ist das einzige güldene Opium für meinen Schmerz.

Wie ich seine Straßen, seine Plätze, seine Avenuen liebe! Wenn sie mir fern sind, rufe ich sie in einem verklärten Trugbild wach, und dann gleiten sie in weitem Bogen in mir herab, durchströmen mich licht. Es ist mein eigener Körper, den sie durchdringen, der sie in ihrem Wirbel begleitet.

Alles, was Paris ist, schließe ich unterschiedslos in meine Liebe ein: seine Monumente, seine Theater, seine Boulevards, seine Gärten, die Bäume ... alles das ist mir heraldisch, ist mir liturgisch.

Ach, was litt ich bloß in jenem Jahr, das ich weit entfernt von meiner geliebten Stadt zubrachte, ohne Hoffnung, mich so bald wieder von ihr umfangen zu lassen ... Und meine Sehnsucht glich damals derjenigen, die man nach dem Körper einer verlorenen Geliebten hat ...

An quälerischen Abenden stieg ich die tristen Straßen Lissabons hinunter und betete den Namen jener Stadt vor mich her: O mein Paris ... o mein Paris ...

Und wenn ich nachts in meinem großen verlassenen

Bett lag, dachte ich vor dem Einschlafen sehnsüchtig an sie, so wie man sich an das nackte Fleisch einer goldbraunen Geliebten erinnert!

Als ich dann wieder in diese staunenswerte Metropole zurückkehrte, lief ich sogleich begierig alle Avenuen, alle Quartiers ab, um sie fester mit mir zu verknüpfen, um sie besser auszukosten ... O mein Paris! o mein Paris! ...

Allerdings dürfen Sie nicht glauben, Lucio, daß ich diese großartige Stadt wegen ihrer Boulevards, wegen ihrer Cafés, Schauspielerinnen und Monumente liebe. Nein! Nein! Das wäre niedrig! Ich liebe sie aus irgendeinem anderen Grund: wegen einer Gloriole vielleicht, die sie umgibt und die sie beseelt. Ich sehe diese Gloriole zwar nicht, aber ich fühle sie, fühle sie wirklich, auch wenn ich sie Ihnen nicht beschreiben kann! ...

Ich kann nur in einem grandiosen Milieu leben. Ich mag den Fortschritt so sehr, die Zivilisation, die urbane Bewegung, die fieberhafte moderne Betriebsamkeit! ... Denn im Grunde liebe ich das Leben. Ich bestehe nur aus Inkohärenzen. Ich lebe einsam, niedergeschlagen, auf halber Flamme, und bewundere doch das Leben, so wie kein anderer es jemals bewundert hat!

Europa! Europa! Steig in mir auf, erfülle mich mit deinem Beben, salbe mich mit meiner Epoche! ...

Brücken schlagen! Brücken schlagen! Eisenstraßen verschießen! Stahltürme errichten! ...«

Und seine Wahnphantasie setzte sich in wunderlichen Bildern und wirren Einfällen fort:

»Ja, ja! Mein ganzes Ich ist eine einzige Inkohärenz! Mein eigener Körper ist eine Inkohärenz. Sie finden mich mager, bucklig? Ich bin es; allerdings viel weniger, als es scheint. Sie würden sich wundern, wenn Sie mich nackt sähen …

Aber es geht noch weiter. Alle Welt hält mich für eine mysteriöse Person. Denn ich lebe nicht, habe keine Geliebten … verschwinde … niemand weiß etwas über mich … Irrtum! Irrtum! Mein Leben ist ganz im Gegenteil ein Leben ohne Geheimnis. Oder besser gesagt, sein Geheimnis besteht gerade darin, keines zu haben.

Und mein Leben, das jeglicher Wunderlichkeit entbehrt, ist doch ein bizarres Leben – *sozusagen die Umkehrung des Wunderlichen.* Tatsächlich besteht seine Besonderheit nicht darin, Elemente zu enthalten, die sich im normalen Leben nicht finden – sondern darin, keines der Elemente zu enthalten, die allen Leben gemeinsam sind. Daher kommt es, daß mir nie etwas passiert ist. *Nicht einmal das, was allen Leuten passiert.* Verstehen Sie mich?«

Ich verstand ihn immer. Und er ließ mich in diesen Genuß kommen. Deshalb währten unsere Seelengespräche gewöhnlich bis in die frühen Morgenstunden; wir flanierten durch die verlassenen Straßen, ohne Kälte oder Müdigkeit zu spüren, in einer gegenseitigen feurigen Vergiftung.

In ruhigeren Stunden machte sich Ricardo daran, mir von der Süße des normalen Lebens zu erzählen. Und er gestand mir:

»Ach, wenn ich im Kreise banaler Bekannter einsam herumstand, wie oft beneidete ich doch meine Kameraden … Ich erinnere mich an ein gewisses Abendessen im *Goldenen Löwen* in einer verregneten

Dezembernacht ... Ich befand mich in Begleitung zweier Schauspieler und eines Dramaturgen. Vielleicht kennen Sie sie, Roberto Davila, Carlos Mota und Alvares Sesimbra ... Mit großer Anstrengung brachte ich es schließlich fertig, zu ihrem Niveau herabzusteigen und mich tatsächlich über jeden Unterschied hinwegzutäuschen. Ich war für Augenblicke glücklich, glauben Sie mir ... Und Carlos Mota erbat sich meine Mitwirkung für eine seiner Operetten ... Carlos Mota, der Autor der *Videirinha**, des großen Erfolges der Trindade** ... Brave Knaben! Brave Knaben ... Ach, wenn ich doch wäre wie sie ...

Denn letztlich ist es genau dieses Leben – das All-Tags-Leben –, das ich einzig und allein liebe. Bloß, ich kann es einfach nicht leben ... Und ich rühme mich so sehr, es nicht leben zu können ... Ich rühme mich so sehr, nicht glücklich zu sein ... Da haben wir's: die verdammte Literatur ...«

Und nach einer kurzen Pause:

»Als ich früher in Lissabon lebte, wunderte sich einer meiner engen Freunde, der mittlerweile schon verstorben ist und der die weite und tiefgründige Seele eines eleganten Künstlers besaß, wie ich mit gewissen minderen Personen überhaupt Umgang pflegen konnte. Doch *diese* bewegten sich im Leben, und ich ergötzte mich mit ihnen an einer Illusion. Meine ewigen Inkohärenzen! Ihr, die wahren Künstler und großen Seelen, ich weiß, daß ihr niemals euren goldenen Zirkel verlaßt, ja nicht einmal daran denkt – euch treibt

* etwa: *Eine Frau dient sich hoch.*

** Das Teatro da Trindade war seit 1868 einer der Fixpunkte Lissabonner Salonlebens im Chiado-Viertel. Es besteht noch heute.

nie der Wunsch, zum Leben hinabzusteigen. Darin besteht eure Würde. Und ihr tut gut daran. Ihr seid so viel glücklicher … Denn ich leide doppelt – ich lebe im gleichen goldenen Zirkel und weiß mich doch auch dort unten zu bewegen …«

»Im Gegenteil, gerade deswegen übertreffen Sie alle«, warf ich ein, »jene, von denen Sie sprechen, wagen deshalb nicht hinabzusteigen, weil sie ahnen, daß sie von der alltäglichen Existenz aufgesogen würden, wenn sie sich mit ihr vermischten, und daß ihr Genie in der Umarmung der Banalität ertrinken müßte. Jene sind schwach. Und eine Vorahnung davon rettet sie instinktiv. Mein Freund, Sie hingegen können Ihr Genie der Gefahr der Mittelmäßigkeit aussetzen, denn es ist so groß, daß es durch nichts beschmutzt werden kann.«

»Hirngespinste! Hirngespinste!« entgegnete der Dichter, »Was weiß denn ich, was ich bin … Doch sehen Sie, wie jämmerlich die Banalität der *anderen* ist … Mit wie wenigen Sehnsüchten sich doch die ›breite Masse‹ begnügt, mit wie wenigen geistigen Wünschen, mit wie wenig Seele … Oh, es ist niederschmetternd! … Ein Drama von George Ohnet, ein Roman von Paul Bourget, eine Oper von Verdi, ein paar Verse von João de Deus oder ein Gedicht von Tomás Ribeiro* reichen vollauf, um ihr Bedürfnis nach Idealem zu befriedigen. Was sage ich? Das sind doch schon Extravaganzen höherer Seelen. Die anderen (die wirklich normalen) – hm … oder lassen wir diese

* Tomás Ribeiro (1831–1901), romantischer Populärdichter, theatralisch und deklamatorisch. Zeitgenosse von João de Deus (1830–1896), der ein bis heute gern zitierter Dichter volkstümlicher Schlichtheit ist.

Abschweifungen –, sie begnügen sich mit den Lametta-Obszönitäten eines hergelaufenen drittklassigen Revueschreiberlings ohne Grammatik …

Die *breite Masse*, mein Lieber, die *breite Masse* … die Glücklichen … Wer kann da schon sagen, ob sie nicht doch recht haben … ob nicht alles, was darüber hinaus geht, letzten Endes nur eine Bagatelle ist …

Nun ja … im ganzen wird es so sein …«

Es vergingen Monate, in denen zwischen uns dieselbe Zuneigung, dieselbe Kameradschaft anhielt.

An einem Sonntagnachmittag – ich erinnere mich so gut daran – spazierten wir belanglos plaudernd die Champs-Elysées hinauf, inmitten all der anderen Menschen, als die Unterhaltung auf ein Feld glitt, das der Dichter bisher wahrhaftig nie berührt hatte:

»Ach, wie sehr saugt man Leben ein an diesen Pariser Sonntagen, intensives und gesundes Leben an diesen wunderbaren Sonntagen! … Es ist einfaches, *nützliches Leben*, das vor unseren Augen dahinfließt. Stunden, die uns nicht zustehen, – nicht uns, die wir ätherisch von Schönheit träumen, vom Jenseits berührt, vom Ungewissen gesalbt … Was für ein Hochmut! Was für ein Stolz! Und doch, um wieviel mehr wert wäre es, wenn wir zu den gewöhnlichen Menschen gehörten, die uns umgeben. Wir hätten zumindest durch den Mangel an Geist süßen Frieden. So haben wir nur das Licht. Aber das Licht blendet … Wir sind ganz Alkohol, ganz Alkohol! – *Alkohol, der sich verflüchtigt in einem Feuer, das uns verzehrt!*

Und genau wegen der Rastlosigkeit dieser riesigen Stadt, wegen dieses modernen alltäglichen Lebens liebe ich mein Paris mit goldener Zärtlichkeit. Ja, ja! Das ist gut gesagt, mit Zärtlichkeit – einer grenzenlosen Zärtlichkeit. Ich verstehe mich nicht auf große Gefühle. Meine Liebesbeziehungen waren immer Zärtlichkeit … Niemals könnte ich eine Frau wegen ihrer Seele lieben – also um ihrer selbst willen. Ich würde sie nur für die Zärtlichkeit anbeten, die ihre Anmut in mir weckt: wegen ihrer bleichen Finger, die die meinen an einem sonnigen Nachmittag drücken, wegen des feinen Klangs ihrer Stimme, wegen ihres Errötens – ihres Lachens … ihrer Ausgelassenheit …

Das einzig Rührende, was für mich in der Liebe liegen kann, ist ein weißer Rock, der die Luft in Schwingung bringt, eine Samtschleife, die zarte Hände schnüren, eine Taille, die sich biegt, eine verlorene Locke, die der Wind löste, ein Lied, das die Goldlippen einer Zwanzigjährigen summen, eine Blume, die ein Frauenmund zerbiß …

Nein, es ist nicht einmal die Schönheit, die mich beeindruckt. Es ist etwas anderes, Unbestimmteres – unwägbar, durchscheinend: die Anmut.

Daher kommt meine schwindelerregende Sehnsucht, *ein sexueller Drang*, Stimmen, Gebärden, Lächeln, Düfte und Farben zu besitzen! …

… Wahnsinniges Feuer! Wahnsinniges Feuer! … Verwüstung! Verwüstung! …«

Aber dann, besänftigt:

»Die guten Leute, die hier vorübergehen, mein lieber Freund, haben derlei Komplikationen nie erfahren. Sie leben. Sie denken nicht einmal … Ich dagegen höre nicht auf zu grübeln … Meine Innenwelt, die sich aufblähte – unendlich wurde, dehnt sich von Stunde zu

Stunde immer weiter aus! Es ist furchtbar. Ach Lucio, Lucio! Ich habe Angst – Angst zu ertrinken, zu verlöschen in meiner Innenwelt, aus dem Leben zu verschwinden, verloren in ihr …

… Hier haben Sie ein schönes Thema für eine Ihrer Novellen: Ein Mensch, der nur durch Konzentration auf sich selbst aus dem Leben verschwindet und in seine eigene Innenwelt einwandert …

Habe ich es Ihnen nicht gesagt? Diese verdammte Literatur …«

Ohne bestimmten Grund, frei von allen Sorgen, fühlte ich mich an jenem Nachmittag etwas sonderbar gestimmt. Ein Schauder ließ mich durch und durch erzittern – der Schauder, der mich immer an den Wendepunkten meines Lebens durchfahren hat.

Und Ricardo setzte erneut an, indem er mich auf eine stolze Kutsche hinwies, die von zwei herrlichen Rappen gezogen wurde:

»Ach! Was würde ich dafür geben, mit der schönen Dame zu tauschen, die dort fährt … Schön sein, schön sein! …Goldblond durchs Leben zu gehen … Ein Edelknabe des Lebens zu sein … Gibt es denn einen höheren Triumph? …

Der größte Erfolg meines Lebens war nicht (ach, glauben Sie bloß das nicht!) irgendein Lob zu meinen Gedichten, über mein Genie. Nein, nur das, was ich Ihnen jetzt erzähle:

Eines Nachmittags im April vor drei Jahren flanierte ich wie stets allein über die großen Boulevards. Plötzlich ertönte dicht neben mir Gelächter … Man klopfte mir auf die Schulter … Ich schenkte dem keine Beachtung, doch man zupfte mich sogleich spitzbübisch am

Arm, mit dem Griff eines Sonnenschirms … Ich drehte mich um … Es waren zwei Mädchen … zwei reizende, lächelnde Mädchen … zu dieser Stunde mußte es sich um zwei Schneiderinnen handeln, die aus den *Ateliers* der Rue de la Paix kamen. Sie trugen verschnürte Päckchen am Arm …

Und eine von ihnen, die vorwitzigere: ›Wissen Sie, daß Sie ein hübscher Junge sind?‹

Ich protestierte … Und wir gingen zusammen weiter, wobei belanglose Worte fielen … (Glauben Sie mir, daß mir das Lächerliche dieser Vertraulichkeit sehr wohl bewußt ist).

An der Ecke zum Faubourg Poissonnière verabschiedete ich mich. Ich gab vor, hier mit einem Freund verabredet zu sein. Tatsächlich hatte ich in einer Anwandlung von Perversität beschlossen, dem Abenteuer ein Ende zu setzen. Vielleicht weil ich befürchtete, daß es mich enttäuschen würde, wenn es weiterginge. Ich weiß es nicht …

Wir trennten uns …

Dieser Nachmittag ist die schönste Erinnerung meines Lebens!

Mein Gott! Mein Gott! Dieser gebückte Körper, dieses verzerrte Gesicht – wie sehr wünschte ich statt dessen, schön zu sein, wunderschön! Und an jenem Nachmittag war ich es für Augenblicke … Ich sollte danach einige meiner schönsten Verse schreiben.

Stolz, bewundernswert fühlte ich mich … Und der Nachmittag war blau, der Boulevard war herrlich. Zudem hatte ich einen gewagten Hut auf … eine jugendliche Locke fiel mir in die Stirn …

Ach! Woche um Woche zehrte ich von der armen

Sehnsucht ... welch unendliche Zärtlichkeit empfand ich für jenes Mädchen, das ich nie mehr wiedertraf – *das ich nie mehr wiedertreffen konnte*, denn in meiner eitlen Freude hatte ich ganz vergessen, mir ihr Gesicht zu merken ... Doch wie sehr liebe ich sie, segne ich dieses Mädchen ... Meine Liebe! Meine Liebe! ...«

Und in diesem Augenblick richtete sich Ricardo de Loureiro tatsächlich in Schönheit auf, verwandelt, verklärt, mit einer Gloriole umgeben durch den intensiven melodiösen Glanz seiner portugiesischen Augen ...

Im übrigen kann ich auch heute noch nicht sagen, ob mein Freund schön war oder nicht. Da alles an ihm inkohärent schien, war auch seine Physiognomie eine einzige Inkohärenz: Manchmal sah sein Gesicht knochig, zerquält aus – und wenn man es von vorne betrachtete, erschien es strahlend. Doch im Profil war es schon nicht mehr dasselbe ... Allerdings auch nicht immer, denn sein Profil empfand man manchmal geradezu als angenehm ... bei einer bestimmten Beleuchtung ... in gewissen Spiegeln ...

Am abträglichsten jedoch war ihm zweifellos sein Körper, den er geringschätzte, den er »von sich fallen ließ«, nach einer extravaganten, doch sehr treffenden Sentenz von Gervasio Vila-Nova.

Die Porträts, die heute von dem Dichter existieren, zeigen ihn wunderschön mit dem Nimbus des Genies. Doch eigentlich war das nicht sein Gesichtsausdruck. Im Wissen, daß es sich um einen großen Künstler handelte, salbten ihm die Photographen und die Maler die Stirn mit einem verklärten Ausdruck, der nicht zu ihm gehörte. Es ist immer ratsam, den Porträts großer Persönlichkeiten zu mißtrauen ...

»Ach, mein lieber Lucio«, wandte sich der Dichter wieder an mich, »wie gut kann ich den Triumph einer bezaubernden Frau nachempfinden, die sich auf einem Bett von Spitzen räkelt, während ich ihren vollkommen nackten, herrlichen, von Alkohol goldenen Körper betrachte! Das weibliche Fleisch – welch eine Apotheose! Wenn ich eine Frau wäre, würde ich mich nie von dem tristen, welken, fahlen Fleisch der Männer besitzen lassen, das ohne Glanz und Licht ist ... Ja! Ich bin voll Bewunderung, voll verzückter Zärtlichkeit für die großen Ausschweifenden, die ihre Marmorkörper nur mit ihresgleichen, Frauen natürlich, vermischen; feurige, prächtige Körper ... Und dann kommt mir ein dunkles Verlangen, Frau zu sein – zumindest danach, ganz verzaubert meine nackten Schenkel zu betrachten, wie sie schneeweiß und kalt über ein Linnentuch hinweggleiten ...«

Mich verblüffte nicht wenig, wohin die Unterhaltung abgeglitten war. Denn während das Werk Ricardo de Loureiros tatsächlich von Sensualismen, von verrückten Perversitäten strotzt, so erschien normalerweise nichts davon in seinen Gesprächen. Im Gegenteil. In seine Worte mischte sich niemals eine sinnliche oder auch nur pikante Note – plötzliche Schamgefühle brachten ihn sogleich zum Stocken, wenn er zufällig auch nur entfernt auf irgendwelche Einzelheiten dieser Art zu sprechen kam.

Was das Sexualleben meines Freundes betraf, war ich vollkommen ahnungslos. Doch stellte ich mir Ricardo diesbezüglich als eine ruhige Person vor. Vielleicht irrte ich mich ... Ich irrte mich mit Sicherheit. Der Beweis – und was für ein Beweis! – wurde mir in jener Nacht erbracht durch das merkwürdigste – das verwirrendste, das undurchdringlichste aller Bekenntnisse …

Es war halb acht. Wir waren die Champs-Elysées schon ganz hinaufgegangen und die Avenue du Bois bis zur Porte Maillot. Der Künstler entschied, daß wir im Pavillon de Armenonville zu Abend essen würden – ein Vorschlag, dem ich sehr gerne zustimmte.

Schon immer hatte ich eine besondere Vorliebe für das berühmte Restaurant. Ich weiß nicht warum, vielleicht ist es sein literarisches Szenario (weil wir darüber in Novellen lesen), der große Saal mit dem roten Teppich und im Hintergrund die Freitreppe; die romantischen Bäume, die es schattenspendend umgeben, der kleine Teich. – All das zusammen mit jener Atmosphäre des großartigen, eleganten Lebens beschwor in mir eine ferne, zarte, flackernde Sehnsucht herauf, eine astrale Erinnerung an ein gewisses Liebesabenteuer, das ich nie erlebt hatte. Herbstmond, gefallene Blätter, Küsse und Champagner …

Unsere Unterhaltung plätscherte während des Essens leicht dahin. Es war erst beim Kaffee, als Ricardo anhob:

»Sie können sich nicht vorstellen, Lucio, wie sehr mich der vertrauliche Umgang mit Ihnen entzückt, wie ich die Stunde segne, in der wir einander trafen. Bevor ich Sie kennenlernte, hatte ich mich nur mit Gleichgültigen abgegeben – mit gewöhnlichen Kreaturen, die mich nie verstanden, nicht auch nur annähernd. Meine Eltern vergötterten mich. Aber genau deswegen verstanden sie mich um so weniger. Mein Freund, Sie dagegen sind mir eine weite, zerrissene Seele, die die notwendige helle Klarheit hat, um die meine zu erahnen. Und das ist schon viel. Ich wünschte, es wäre noch mehr; aber es ist schon viel. Deshalb werde ich heute den Mut aufbringen, zum ersten Mal jemandem die größte Absonderlichkeit meines Wesens, den größten Schmerz meines Lebens zu bekennen …«

Er zögerte ein wenig und fuhr plötzlich in einem anderen Ton fort:

»Es ist nämlich so«, sagte er, »daß *ich niemandes Freund sein kann* … Widersprechen Sie nicht … Ich bin nicht Ihr Freund. Ich verstand mich nie darauf, Gefühle zu haben (wie ich Ihnen schon erzählte), nur Zärtlichkeit. Die größte Freundschaft würde sich für mich einzig und allein in großer Zärtlichkeit ausdrücken. Und Zärtlichkeit bringt immer ein Verlangen zu liebkosen mit sich, nämlich das Verlangen nach einem Kuß … nach einer Umarmung … kurz und gut das Verlangen, zu besitzen! Und nur wenn ich mein Verlangen befriedigt habe, kann ich wirklich fühlen, wodurch es hervorgerufen wurde. Die Wahrheit ist folglich, daß ich bisher niemals meine eigene Zärtlichkeit *fühlte*, ich *erahnte* sie nur. Um sie zu fühlen, das heißt, um jemandes Freund zu sein (da mir nun einmal Zärtlichkeit und Freundschaft eins sind), wäre es für mich unerläßlich, erst denjenigen zu besitzen, den ich hochschätze, sei dies Frau oder Mann. Aber einen Menschen unseres eigenen Geschlechts können wir nicht besitzen. *Daher könnte ich nur dann Freund einer Person meines Geschlechts sein, wenn jener – oder aber ich selbst – das Geschlecht wechselte*.

Ach! Mein Schmerz ist gewaltig: Alle können Freundschaften haben, die die Stütze eines Lebens sind, die ihrer ganzen Existenz ›Sinn‹ geben – Freundschaften, die man ihnen schenkt; Freundschaften, die sie aufrichtig erwidern. Ich dagegen, so sehr ich mich auch anstrenge, kann niemals ein Gefühl erwidern, denn *die Gefühle materialisieren sich nicht in mir!* Es ist, als ob mir ein Sinn fehlte – als ob ich blind oder taub wäre. Für mich ist eine Seelenwelt verschlossen. Es gibt etwas, was ich sehen, aber nicht in mir bergen kann; etwas, das ich ertasten, aber nicht spüren kann … Ich bin ein Elender … ein zutiefst Elender, glauben Sie mir!

In gewissen Augenblicken ekelte ich mich gar vor mir. Hören Sie zu. Es ist furchtbar! In Gegenwart all der Leute, von denen ich *weiß*, daß ich sie achten müßte (*in Gegenwart all derjenigen, für die ich Zärtlichkeit erahne*) befällt mich immer das heftige Verlangen, sie in den Mund zu beißen! Wie oft habe ich nicht die Begierde unterdrückt, meiner Mutter die Lippen zu küssen …

Denken Sie jedoch nicht, daß ich dieses körperliche Verlangen (ich habe Ihnen noch nicht die ganze Wahrheit gesagt) fleischlich fühle – *ich fühle es in meiner Seele.* Nur mit meiner Seele könnte ich meine zärtlichen Begierden befriedigen. Nur mit meiner Seele könnte es mir gelingen, Geschöpfe zu besitzen, die ich meiner Ahnung nach schätze, und so meine Freundschaften ausleben, das heißt, sie *fühlend erwidern.*

Das ist alles …

Sagen Sie mir nichts … sagen Sie nichts! … Haben Sie Mitleid mit mir … großes Mitleid …«

Ich schwieg. Mein Gehirn durchbrauste ein entfesselter Sturm. Ich war jemand, zu dessen Füßen sich auf einer ebenen, sonnigen Allee plötzlich ein Feuerschlund auftut.

Aber nach ein paar Augenblicken rief der Dichter in ganz normalem Ton wie selbstverständlich aus:

»Nun gut … Es wird langsam Zeit, daß wir aufbrechen«, und verlangte nach der Rechnung. Wir nahmen eine Droschke.

Als wir unterwegs ich weiß nicht welchen Platz überquerten, drang das Fiedeln eines blinden Geigenspielers an unser Ohr, der eine schöne Arie verunstaltete. Und Ricardo bemerkte:

»Hören Sie diese Musik? Hierin drückt sich mein Leben aus: eine bewundernswerte Partitur, die von einem furchtbaren, von einem niederträchtigen Stümper verdorben wird …«

III

Am nächsten Tag trafen wir uns erneut, wie immer, doch es fiel kein Wort über das merkwürdige Gespräch vom Vorabend. Ebensowenig am Tag darauf und immer so fort ... bis zur Auflösung meiner Lebensgeschichte ...

Unterdessen ging mir das verwirrende Bekenntnis des Künstlers nicht aus dem Sinn. Im Gegenteil – es verging kein Tag, an dem ich mich nicht daran zurückerinnerte, unruhig, fast obsessiv.

Ohne besondere Vorkommnisse – in derselben Harmonie und demselben seelischen Miteinander – setzte sich unsere Freundschaft fort, wurde immer enger. Nach zehn Monaten, Ende 1896, beschloß Ricardo jedoch trotz seiner großen Liebe für Paris, nach Portugal zurückzukehren – nach Lissabon, wohin ihn eigentlich nichts in der Welt ziehen konnte.

Ein Jahr verbrachten wir getrennt.

Während dieser ganzen Zeit gab es praktisch keine Korrespondenz zwischen uns: drei Briefe von mir; zwei des Dichters, allerhöchstens.

Materielle Umstände und die Sehnsucht nach meinem Freund brachten mich dazu, meinerseits Paris definitiv zu verlassen. Und im Dezember 1897 kam ich in Lissabon an.

Ricardo erwartete mich am Bahnhof.

Doch wie sehr hatte sich sein Aussehen verändert, seit wir uns ein Jahr zuvor das letztemal gesehen hatten!

Seine harten Züge hatten sich verschönt, geglättet, mit einem Wort verweiblicht – und, ein Umstand, der mich am meisten beeindruckte, auch sein Haar hatte einen anderen Farbton angenommen. Vielleicht war es gerade diese letzte Veränderung, die den Unterschied in der Physiognomie meines Freundes ausmachte – *eine Physiognomie, die zerflossen war.* Ja, das war mein Gesamteindruck, daß sich seine Gesichtszüge zerstreut hatten, also *jetzt weniger ausgeprägt waren.*

Auch der Tonfall seiner Stimme hatte sich unmittelbar verändert und all seine Gebärden, mit einem Wort, er hatte insgesamt eine andere Färbung angenommen.

Ich wußte natürlich schon, daß der Dichter vor kurzem geheiratet hatte – während meiner Abwesenheit. Er hatte es mir in seinem ersten Brief geschrieben, aber ohne auf Einzelheiten einzugehen, alles sehr nebulös – *als ob es sich um etwas Unwirkliches handelte.* Ich meinerseits hatte mit vagen Glückwünschen geantwortet, ohne Genaueres wissen zu wollen, ohne über die Tatsache Erstaunen zu zeigen – ebenfalls so, als ob es sich um etwas Unwirkliches handelte, um irgendeine Tatsache, von der ich schon wußte und die *der Geschichte einen anderen Ausgang gäbe.*

Wir umarmten uns überschwenglich. Der Künstler begleitete mich zum Hotel und bestand darauf, daß ich am selben Abend in seinem Hause zu Abend speiste.

Von seiner Frau kein Sterbenswörtchen ... Ich erinnere mich gut an meine Beklemmung, als wir bei meinem Hotel ankamen und ich bemerkte, daß ich mich immer noch nicht nach ihr erkundigt hatte! Und diese Beklemmung war so stark, daß ich immer weniger wagte, etwas Diesbezügliches hervorzustammeln, befallen von einer in der Tat unerklärlichen Schüchternheit …

Am Abend ging ich hin. Ein stilvoller Butler führte mich in einen großen Saal, der dunkel und schwer wirkte, *obgleich er wie von Licht übergossen war.* Tatsächlich hatte ich beim Eintreten in diesen glänzenden Saal dieselbe Empfindung, wie wenn man aus dem Sonnenlicht in ein Haus tritt, das in Halbdunkel getaucht ist.

Allmählich gelang es mir, die Gegenstände zu unterscheiden … Und plötzlich, ohne zu wissen, wie mir geschah, fand ich mich benebelt und schwindlig auf dem Sofa wieder, wo ich mit dem Dichter und seiner Gefährtin zu plaudern begann …

Ja, noch heute ist es mir unmöglich zu sagen, ob sich bei meinem Eintreten jemand im Salon befand oder ob die beiden erst nach ein paar Augenblicken erschienen waren. Ebenso konnte ich mich nie daran erinnern, welches die ersten Worte waren, die ich mit Marta – so hieß die Gattin Ricardos – gewechselt hatte.

Mit einem Wort, ich trat in jenen Salon ein, als kehrte ich beim Überschreiten der Schwelle in eine Traumwelt *zurück.*

Daher kommt es, daß meine Erinnerungen an diese ganze Nacht nur äußerst spärlich sind. Indessen glaube ich, daß in ihrem Verlauf nichts Außergewöhnliches geschah. Man aß zu Abend; man plauderte ausgiebig, gewiß …

Um Mitternacht verabschiedete ich mich.

Kaum war ich in meinem Zimmer angekommen,

legte ich mich hin und schlief ein … Und erst in diesem Augenblick kam ich wieder zur Besinnung. In der Tat befiel mich beim Einschlafen das verwirrende Gefühl, aus einer langen Ohnmacht zu erwachen und jetzt erst wieder zum Leben zurückzukehren … Ich kann diese Widersprüche nicht besser beschreiben, aber es war so.

(Ich sollte in Klammern darauf hinweisen, daß ich die Absonderlichkeit des hier Niedergeschriebenen durchaus ermesse. Gleich zu Beginn sprach ich von meiner ernsten Entschlossenheit, die ganze Wahrheit zu sagen, auch wenn sie nicht wahrscheinlich klingt.)

Von nun an verbrachte ich des öfteren die Abende bei Ricardo. Die absonderlichen Empfindungen waren vollkommen verschwunden, und ich *sah* seine Gattin jetzt mit absoluter Klarheit.

Sie war eine hübsche blonde Frau, sehr blond, hochgewachsen wie eine Skulptur – und die Haut goldrot, fest, *ungreifbar*. Ihr blauer Blick verlor sich sehnsüchtig im Unendlichen. Sie hatte entrückte Gebärden und ging mit leichtem, lautlosem Schritt, unschlüssig, aber schnell. Ein überaus wohlgeformtes Gesicht von ausdrucksstarker, in Gold ziselierter Schönheit. Beunruhigend langgliedrige und blasse Hände.

Immer traurig – in ihrer quälend unbestimmten Traurigkeit aber so liebreizend, so sanft und zärtlich, daß sie sicherlich die ideale Gefährtin für einen Dichter abgab.

Ich begann meinen Freund zu beneiden …

Sechs Monate lang war unsere Existenz völlig unkompliziert und heiter. Ach! Jene sechs Monate waren im Grunde die einzige, wenn auch nebulöse Wonnezeit meines Lebens …

Selten verging ein Tag, an dem ich mich nicht mit Ricardo und Marta traf. Fast jeden Abend versammelten wir uns bei ihnen zu Hause, eine kleine Künstlergruppe: Außer mir kamen Luis de Monforte, der Autor des Dramas *Glória*; der gefürchtete Kritiker Aniceto Sarzedas; zwei zwanzigjährige Dichter, deren Namen ich vergessen habe, und – vor allem – Graf Sergij Warginsky, Attaché der russischen Botschaft, den wir flüchtig in Paris kennengelernt hatten und den ich nun zu meiner Überraschung als Stammgast im Hause des Künstlers antraf. Zuweilen erschienen auch Raul Vilar und einer seiner Freunde – ein trauriger Verrückter, der heute stümperhafte Novellen schreibt, in denen er das Intimleben seiner Gefährten ausplaudert. Sein Anliegen, so rechtfertigt er sich, bestehe darin, sonderbare psychische Fälle darzustellen und auf diese Art eine aufregende, intensive und originelle Kunst zu praktizieren; im Grunde ist sie aber nur falsch und obszön.

Die Soireen verliefen angenehm, mit intellektuellen Gesprächen, die hauptsächlich um Literatur kreisten; und Aniceto Sarzedas mit seinen gefürchteten Boshaftigkeiten gegen alle Zeitgenossen verlieh ihnen eine reichlich humoristische Note.

Marta mischte sich zuweilen in unsere Diskussionen und legte eine umfassende Bildung, gepaart mit subtiler Intelligenz an den Tag. Auffallend, daß ihre Denkweise niemals von derjenigen des Dichters abwich. Ganz im Gegenteil sprang sie immer ein, um die Position Ricardos zu stärken, wobei sie durch kleine Zusätze seine Theorien und Ansichten *ausbaute*.

In unserer Gruppe kam dem Russen die Rolle zu, Sinnlichkeit zu verkörpern – ich weiß nicht, warum ich diesen Eindruck hatte.

Sergij Warginsky war ein hübscher Bursche von fünfundzwanzig Jahren. Seine hochgewachsene und schlanke Gestalt ließ an Gervasio Vila-Nova denken, der kurz zuvor auf brutale Weise Selbstmord begangen hatte, indem er sich vor einen Zug warf. Seine herausfordernden, sinnlichen roten Lippen bargen Zähne, die jede Frau einfach küssen mußte; die feurig blonden Haare fielen ihm in zwei langen, gekräuselten Locken in die Stirn. Seine Augen voll goldener Finsternis konnte er nie von Marta losreißen – wie ich mich später erinnern sollte. Wenn sich denn eine Frau unter uns befand, schien mir dies eher der Russe als Marta zu sein. (Diese überspannte Empfindung gestand ich mir übrigens erst später ein. Zu jener Zeit schossen mir nur wirre Gedanken durch den Kopf.)

Sergij besaß eine wunderschöne Stimme – klangvoll, vibrierend, glühend. Mit dem Talent für Fremdsprachen, das Russen eigen ist, sprach er das Portugiesische ohne Mühe vollkommen akzentfrei aus. Deshalb freute sich Ricardo so sehr daran, ihn seine Gedichte vortragen zu lassen – durch jene diamantene Kehle in Schwingung gebracht, erklangen sie wie in einer Gloriole.

Im übrigen war es offensichtlich, daß der Dichter große Sympathie für den Russen hegte. Mich dagegen empörte Warginsky nur – vor allem vielleicht wegen seiner übermäßigen Schönheit –, bis hin zu dem Punkt, daß ich eine gewisse Ungehaltenheit nicht verbergen konnte, wenn er sich an mich wandte.

Indessen waren mir die Nächte weitaus lieber, die ich in alleiniger Gesellschaft von Ricardo und Marta verbrachte – eigentlich nur mit Marta, denn in diesen Nächten zog sich der Dichter häufig in sein Arbeitszimmer zurück.

Lange Stunden vergaß ich mich, ganz dem Gespräch mit der Gattin meines Freundes hingegeben. Wir begannen lebhafte Sympathie füreinander zu empfinden – das war unbestreitbar. Und bei jenen Gelegenheiten konnte ich die Schärfe ihres Geistes am allerbesten schätzen lernen.

Alles in allem wichen die Schatten aus meinem Leben. Gewisse überaus lästige materielle Umstände hatten sich zum Vorteil verändert. Mein letzter Band, gerade frisch aus der Druckerpresse, wurde mit großem Applaus aufgenommen. Selbst Sarzedas widmete ihm einen großen brillanten Artikel voll des Lobes! …

Ricardo seinerseits schien mir ganz in seinem häuslichen Glück aufzugehen. Kurz und gut, wir waren in unseren Hafen gelangt. Und jetzt *lebten wir*, jawohl.

Monate vergingen. Es wurde Sommer. Die nächtlichen Zusammenkünfte im Haus des Künstlers nahmen ab. Luis de Monforte hatte sich auf sein Gut zurückgezogen; Warginsky wurde drei Monate freigestellt und ging nach Petersburg. Die zwei Dichterlinge hatten sich in Trás-os-Montes verloren. Nur Aniceto Sarzedas erschien ab und zu – mit seinem Monokel und seinem immergleichen Überzieher – und beklagte sowohl sein Rheuma wie auch die letzte Buchneuheit.

Ricardo hatte eine Reise nach Norwegen geplant, entschied sich aber doch, in Lissabon zu bleiben. Er wollte diesen Sommer viel arbeiten, seinen Band *Diadema* abschließen, der sein Meisterwerk werden sollte. Und es war auch wirklich das beste, dafür in der Hauptstadt zu bleiben. Da Marta einverstanden war, geschah es so.

In dieser Zeit wurde meine Vertrautheit mit der Frau meines Freundes immer enger – eine Vertrautheit, in die sich nicht einmal ein Anflug von Verlangen mischte, obgleich wir lange Stunden miteinander verbrachten. Meist pflegte uns Ricardo nämlich gleich nach dem Abendessen allein zu lassen, indem er sich arbeitswütig bis elf Uhr oder bis Mitternacht in sein Zimmer einschloß …

Allerdings beschränkten wir uns trotz dieser Vertrautheit auf eine unverfängliche Konversation, an der unsere Seelen nicht teilnahmen. Ich legte ihr die Handlung zukünftiger Novellen dar, über die Marta ihre Meinung abgab, oder ich las ihr meine frisch niedergeschriebenen Seiten vor, immer in rein intellektueller Kameradschaft.

Bis dahin war mir nie der geringste mysteriöse Gedanke über die Gefährtin des Dichters gekommen. Im Gegenteil erschien sie mir überaus real, überaus einfach, überaus *gewiß*.

Aber ach, plötzlich ergriff eine seltsame Obsession von mir Besitz …

Als wäre ich brüsk aus einem Traum gerissen worden, geschah es eines Nachts, daß ich mich fragte:

Aber wer ist eigentlich diese Frau? …

Ich wußte nichts über sie. Wo kam sie her? Wann hatte der Dichter sie getroffen? Geheimnisvoll … In meiner Anwesenheit hatte sie nie die geringste Anspielung auf ihre Vergangenheit gemacht. Niemals sprach sie von einem Verwandten, von einer ihrer Freundinnen. Und von Ricardos Seite dasselbe Schweigen, dasselbe unerklärliche Schweigen ...

Ja, das alles war wirklich höchst eigenartig. Wie hatte der Künstler sie kennengelernt – er, der keinerlei Beziehungen unterhielt, nicht einmal seine wenigen Freunde aufsuchte; und wie konnte er die Vorstellung einer Ehe akzeptieren, die ihn so sehr anwiderte? ... *Die Ehe?* Aber waren sie denn wirklich verheiratet? ... Nicht einmal in diesem Punkt besaß ich Gewißheit. Ich erinnerte mich vage, daß mein Freund in seinem Brief nicht ausdrücklich von Heirat geschrieben hatte. Das heißt, er hatte es mir vielleicht gesagt, aber niemals verwendete er klare Worte ... Wenn er sich auf seine Frau bezog, sagte er immer *Marta* – das wurde mir in ebenjenem Moment bewußt.

Und in diesem Augenblick fiel mir ein anderer, noch seltsamerer Umstand auf, der mich vollends verwirrte: *Diese Frau hatte keine Erinnerungen; diese Frau spielte nie auf einstige Sehnsüchte an.* Ja, niemals hatte sie mir von einem Ort erzählt, an dem sie gewesen war, von jemandem, den sie gekannt, von einem Gefühl, das sie empfunden hatte – nicht einmal von der kleinsten Kleinigkeit, etwa einer Schleife, einer Blume, einem Schleier ...

Somit ergab sich die beunruhigende Situation, daß diese Frau vor meinen Augen ohne Vergangenheit dastand – *als hätte sie nur eine Gegenwart!*

Vergeblich versuchte ich diese glühenden Gedanken aus meinem Kopf zu vertreiben. Doch mit jeder

Nacht setzten sie sich mehr in mir fest, so daß sich nun all mein quälendes Streben darauf richtete, das Mysterium zu enthüllen.

In meinen Unterhaltungen mit Marta setzte ich alles daran, sie in ihre Vergangenheit hinabsteigen zu lassen. So fragte ich sie ganz harmlos, ob sie diese oder jene Stadt kenne, ob sie viele Erinnerungen an ihre Kindheit bewahre, ob sie gerne an die eine oder andere Zeit ihres Lebens zurückdenke ... Doch sie entzog sich meinen Fragen auf – wie ich annehme – ebenso harmlose Weise; mehr noch, es war, *als ob sie mich nicht verstanden hätte* ... Und mich befiel dann eine unbegründete Schüchternheit; mir fehlte immer der Mut, weiter zu bohren – *es verwirrte mich, als wäre ich im Begriff eine Taktlosigkeit zu begehen.*

Um meine Verunsicherung perfekt zu machen, konnte ich nicht einmal sagen, welche Gefühle die beiden Eheleute füreinander hegten. Liebte denn der Künstler sie wirklich? Zweifellos, obgleich er es mir nie gesagt hatte, sich nie auf diese Liebe bezog, die sicherlich vorhanden sein mußte. Und was Marta betraf, dasselbe Vorgehen – *als ob es ihr die Scham verböte, auf ihre Liebe anzuspielen.*

Da ich sah, daß ich von seiner Gefährtin nicht die geringste Auskunft erhalten würde, konnte ich mich eines Tages nicht mehr zurückhalten und beschloß, Ricardo selbst Fragen zu stellen.

Mit großer Anstrengung rang ich mich durch:

»Nicht wahr«, hob ich mutig an, »Sie haben mir nie davon erzählt, wie Sie sich verliebt haben ...?«

Im selben Augenblick bereute ich es. Ricardo wurde blaß; er stammelte irgend etwas und wechselte sogleich das Thema, indem er mir den Plan für ein Versdrama skizzierte, das er verfassen wollte.

Indessen war meine fixe Idee zu einem wahren Martyrium geworden, und so versuchte ich – sei es gegenüber Marta oder gegenüber Ricardo – noch mehr als einmal, etwas Licht in die Sache zu bringen. Aber immer ohne Erfolg.

Doch fast hätte ich vergessen zu sagen, was an meiner Obsession am eigenartigsten war:

Mich quälte nicht so sehr das Geheimnis, das die Frau meines Freundes barg. Es war vielmehr die Ungewißheit, ob meine Obsession denn Wirklichkeit war, also tatsächlich in meinem Gemüt vorhanden; oder ob alles vielleicht *nur ein Traum war, den ich gehabt hatte und nicht mehr vergessen konnte, da ich ihn mit der Wirklichkeit verwechselte?*

Ich war ganz von Zweifeln zernagt. Ich glaubte an nichts. Nicht einmal an meine eigene Besessenheit. So lebte ich dahin zwischen Spuren und Indizien und begann tatsächlich zu befürchten, in meinen hellsten Augenblicken verrückt zu werden.

Es wurde wieder Winter, und so kehrten auch die künstlerischen Soireen im Haus des Künstlers wieder, an denen statt der beiden Barden, die endgültig im Trás-os-Montes verschollen waren, ein nicht näher bekannter Journalist mit dramaturgischen Ambitionen und der große Komponist Narciso do Amaral teilnahmen. Sergij Warginsky, so blond wie nie zuvor, war wie immer der beflissenste, der enervierendste.

Den Beweis dafür, daß mein Gemüt kränkelte, sogar

sehr angegriffen war, erhielt ich in einer dieser Nächte – in einer verregneten Dezembernacht …

Narciso do Amaral hatte sich endlich entschlossen, seine Komposition *Além** vorzuspielen, die er vor einigen Wochen beendet hatte, die aber bisher außer ihm selbst niemand kannte.

Er setzte sich ans Klavier. Seine Finger brachten die Tasten zum Bluten …

Automatisch hatte sich mein Blick auf Ricardos Gattin gerichtet, die es sich in einem Sessel hinten in einem Winkel bequem gemacht hatte, so daß nur ich sie sehen konnte, während ich gleichzeitig auf den Pianisten blickte.

Weit entfernt von ihr am anderen Ende des Salons stand der Dichter.

Und nach und nach, in dem Maße, wie die Musik immer wunderbarer wurde, sah ich – ja, ich sah es tatsächlich! – wie Martas Gestalt zerfloß, sich ins Helle abtönte, langsam, Ton um Ton, bis sie vollkommen verschwunden war. *Vor meinen entsetzten Augen gab es jetzt nur noch den leeren Sessel …*

Aus dieser Sinnestäuschung riß mich plötzlich der Beifall der Zuhörer. Die geniale Musik hatte sie entrückt, vor Entzücken schaudern, nahezu delirieren lassen …

Und matt erhob sich die Stimme Ricardos:

»Nie erlebte ich Intensiveres als diese atemberau-

* Jenseits

bende Musik. Die beklemmenden, verwirrenden Empfindungen, die sie erzeugt, sind nicht mehr zu übertreffen. Es ist, als wirbelten ihre Harmonien zerrissene Schleier über dem Jenseits auf ... Ich hatte den Eindruck, daß alles, was meine Seele ausmacht, sich verdichten mußte, damit ich mich dieser Musik zärtlich hingeben konnte – sie sammelte sich in mir, gierig, wie in einer Lichtkugel ...«

Er verstummte. Ich spähte ...

Marta war zurückgekehrt. Sie erhob sich in diesem Augenblick aus ihrem Sessel ...

Als ich mich auf den Heimweg machte unter einem lästigen Nieselregen – fühlte ich mich von Gold- und Flammenklauen durchbraust.

Alles schwamm um mich herum im Rausch des Mysteriums, bis ich meine Geistesgegenwart zusammennahm und es mir gelang, die phantastische Vision, die ich erlebt hatte, auf die Wirkung der göttlichen Partitur zurückzuführen.

Ich wurde mir bewußt, daß es sich um eine Halluzination gehandelt hatte, denn es war unmöglich, das seltsame Verschwinden auf andere Weise zu erklären. Auch wenn sich ihr Körper tatsächlich aufgelöst hätte – aufgrund der Sitzordnung hätte wahrscheinlich nur ich es bemerkt. In der Tat wäre es wohl undenkbar gewesen, daß jemand angesichts einer so inspirierenden Musik den Blick woandershin gelenkt hätte als auf ihren erstaunlichen Meister ...

Von dieser Nacht an verstärkte sich meine Obsession noch mehr. Ich glaubte tatsächlich, wahnsinnig zu werden.

Ach, wer war denn nur diese rätselhafte Frau, diese Schattenfrau? Woher kam sie, *wo existierte sie?* ... Seit einem Jahr unterhielt ich mich mit ihr, und trotzdem war es so, als ob ich mich nie mit ihr unterhalten hätte ... Ich wußte nichts von ihr – bis zu dem Punkt, daß ich an ihrer Existenz zu zweifeln begann. Und dann lief ich begierig zum Hause des Künstlers, nur um sie zu sehen, um mich ihrer Wirklichkeit zu vergewissern – um mich zu vergewissern, daß beileibe nicht alles Wahnsinn war; *wenigstens existierte sie.*

Bei mehr als einer Gelegenheit hatte Ricardo sicherlich schon Außergewöhnliches an mir bemerkt. Der Beweis war, daß er sich eines Abends zuvorkommend nach meiner Gesundheit erkundigte. Ich antwortete ihm unwirsch – wie ich mich erinnere –, daß mir nichts fehle, und fragte ungehalten, was für eine absurde Idee das denn sei.

Und er entgegnete, verblüfft durch meine unerklärliche Wut:

»Mein lieber Lucio, es wird Zeit, daß Sie Ihre Nerven schonen ...«

Ich konnte mich von der fixen Idee nicht mehr lösen und ahnte, daß mein Geist Schiffbruch erleiden würde, wenn es mir nicht gelänge, ein wenig Licht in das Geheimnis zu bringen. Und da ich schon wußte, daß ich in dieser Richtung nichts von Ricardo oder Marta erwarten konnte, beschloß ich, zu anderen Mitteln zu greifen, egal welchen.

Und so geschah es, daß ich eine Reihe von erbärmlichen, schlecht kaschierten Befragungen bei all jenen Bekannten des Dichters anstellte, die zur Zeit seiner *Hochzeit* in Lissabon geweilt haben mußten.

Für meine ersten Nachforschungen wählte ich Luis de Monforte. Ich begab mich zu ihm unter dem Vorwand, seinen Rat einholen zu wollen, ob ich einem gewissen Theaterautor freie Hand lassen sollte, der vorhabe, eine meiner berühmtesten Novellen zu dramatisieren. Doch gleich zu Beginn konnte ich mich nicht mehr beherrschen, unterbrach mich und begann, ihm direkte, wenn auch etwas unpräzise Fragen über die Frau seines Freundes zu stellen. Luis de Monforte hörte sie an, als ob sie ihn erstaunten – *aber nicht um ihrer selbst willen, sondern nur, weil sie von mir kamen*; und er wich mir entrüstet aus, als ob meine Fragen Indiskretionen wären, auf die man anstandshalber nichts antworten konnte.

Dasselbe – wie seltsam! – passierte mir auch bei allen anderen, die ich befragte. Nur Aniceto Sarzedas wurde ein bißchen deutlicher und wandte sich mit einer Infamie und einer Obszönität gegen mich, wie es übrigens ganz seiner Gewohnheit entsprach.

Ach, wie gedemütigt, wie besudelt fühlte ich mich in jenem Augenblick – und wie schwer fiel es mir, meinen Zorn zu zügeln und ihn nicht zu ohrfeigen, ihm statt dessen liebenswürdig die Hand zu reichen, als ich ihn am folgenden Abend im Haus des Dichters antraf …

Die plumpen Nachforschungen waren dennoch für mich von Vorteil. Denn wenn ich auch nichts herausbekommen hatte, konnte ich zumindest folgern, daß sich niemand darüber wunderte, worüber ich mich wunderte; daß niemand bemerkt hatte, was ich bemerkt hatte. Denn alle hatten mir zugehört, als ob es eigentlich nichts Seltsames, Mysteriöses in der Angelegenheit gäbe, auf die sich meine Fragen richteten – so *als ob das einzig Unschickliche und Merkwürdige darin läge, daß gerade ich dieses Thema ansprach*. Das heißt: Niemand hatte mich verstanden ... Und so überzeugte ich mich schließlich selbst davon, daß ich unrecht hatte ...

Erneut hellten sich für kurze Zeit meine Gedanken auf; erneut konnte ich heiter und gelassen neben Marta Platz nehmen.

Aber ach, wie kurz war diese Zeit der Ruhe.

Von allen Bekannten des Künstlers hatte ich nur einen einzigen nicht anzusprechen gewagt, da er mir zu große Antipathie einflößte: Sergij Warginsky.

Doch dann trafen wir uns eines Nachts zufällig im Tavares*. Es fand sich kein Vorwand, um nicht am selben Tisch das Abendessen einzunehmen ...

Und plötzlich, mitten in der Unterhaltung, bemerkte der Russe ganz unverfänglich, indem er auf Ricardo und seine Gefährtin zu sprechen kam:

»Bezaubernd, unsere Freunde, nicht wahr? Und wie liebenswürdig ... Ich hatte den Dichter schon in Paris kennengelernt. Aber um genau zu sein, begann unser Umgang vor zwei Jahren, als wir Reisegefährten waren ... Ich hatte in Biarritz den *Sud-Express* nach Lissabon genommen. Sie machten die Reise im selben Zug, und seitdem ...«

* Das Tavares Rico (1784 gegründet) ist ein traditionsreiches Restaurant, das mitten im Chiado-Viertel liegt und im Laufe des 19. Jahrhunderts zum privilegierten Treffpunkt der Lissabonner Salonwelt wurde.

IV

Sie hatten mich betäubt, ja, die Worte des Russen hatten mich in der Tat betäubt.

War es denn möglich? *Hatte Ricardo sie aus Paris mitgebracht?* … Aber wenn dem so war, warum hatte ich sie dann nicht kennengelernt? Wie kam es, daß ich meinen Freund damals nicht zum Bahnhof Quai d'Orsay begleitet hatte? Ja, richtig, ich hatte ihn nicht begleitet – erinnerte ich mich plötzlich. Ich war zu diesem Zeitpunkt krank gewesen, lag mit einer schweren Grippe zu Bett … Und er … Nein; das war unmöglich … Das konnte nicht sein …

Aber dann, als ich meine Erinnerungen genauer durchforstete, wurden mir zum ersten Mal gewisse obskure Einzelheiten ganz deutlich bewußt, die mit der Rückkehr des Künstlers nach Portugal zusammenhingen.

Er liebte Paris so sehr … und hatte trotzdem beschlossen, wieder nach Portugal zu gehen … *Er hatte mir seinen Entschluß mitgeteilt, und ich war darüber nicht erstaunt* – ich nahm ihn für selbstverständlich, als hätte es einen Grund gegeben, der diese Rückkehr gerechtfertigt oder gar *erfordert* hätte.

Ach, wie ich es jetzt bereute. Hätte ich ihn doch wirklich zum Bahnhof gebracht, trotz meiner Unpäßlichkeit und vielleicht noch anderer Hinderungsgründe, die ich inzwischen vergessen habe. Indessen erinnerte ich mich, daß ich drauf und dran gewesen war, auch mit Fieber und heftigen Halsschmerzen aufzustehen und meinen Freund zum Abschied zu begleiten … Jedoch angesichts der Gliederschwere, die mich befallen hatte, blieb ich auf dem Bett ausgestreckt liegen, in tiefer Schläfrigkeit, *in einer seltsam dämmrigen Schläfrigkeit* …

Diese Frau, ach! Diese Frau …

Wer konnte sie sein … wer nur? … Wie war es zu *dieser ganzen Sache* gekommen? …

Und erst dann erinnerte ich mich deutlich an den Brief des Poeten, durch den ich von seiner Bindung erfahren zu haben glaubte: In Wirklichkeit teilte er mir darin keineswegs seine Heirat mit; er spielte nicht einmal entfernt darauf an – er sprach mir nur von »Veränderungen seines Lebens«, seines Heims, und schrieb Sätze wie diesen, der mir in Feuerlettern vor den Augen tanzte: »Jetzt, da jemand an meiner Seite lebt; da sich endlich von allem, was ich zerstöre, immer wieder etwas erhebt …«

Und ein weiterer ungewöhnlicher Umstand, der mir nun auffiel: Er bezog sich auf all das, als handelte es sich um Episoden, die ich schon kannte, und hielt es folglich für überflüssig, sie zu erzählen; sie zu erwähnen reichte schon hin …

Aber noch absonderlicher war, daß ich mich über

nichts gewundert hatte; es war, als hätte ich *all das* tatsächlich schon gewußt und wieder vollkommen vergessen, was mir sein Brief jetzt vage in Erinnerung brachte …

Ja, ja: ich hatte mich über nichts gewundert, hatte ihm weder von meiner Vergeßlichkeit erzählt noch Fragen gestellt – ich hatte nicht einmal daran gedacht, ihm welche zu stellen, *ich hatte an nichts gedacht.*

So hatte das Mysterium mehr denn je Bestand, nahm allerdings inzwischen eine andere Tönung an. Soll sagen, die fixe Idee, die sich in meinen Geist eingekrallt hatte, erfuhr eine grundlegende Veränderung.

Zuvor hatte das Mysterium nur als Mysterium mein Gemüt verdunkelt. Mit seiner Aufklärung hätte sich auch meine Seele vom Schatten befreit. Das Mysterium war meine einzige Not. Und jetzt – o mein Gott! – hatte sich die Qual in schmachtende Sehnsucht verwandelt; das Geheimnis, das meine Unbekannte barg, zog mich jetzt nur noch an, machte mich champagnertrunken – war der einzige Glanz meiner Existenz.

Von nun an würde ich selbst alles daransetzen, daß das Geheimnis bestehen blieb, und verhindern, daß irgendein Licht darauf fiel. Und wenn es zusammenbrechen sollte, würde mein Schmerz grenzenlos sein. Ja, mehr noch, sollte es tatsächlich verschwinden, dann würde ich es vielleicht trotz allem als Illusion fortbestehen lassen!

Mein Geist hatte sich an das Geheimnis angepaßt – und dieses Geheimnis sollte die Rüstung, die Flamme und die goldene Spur meines Lebens sein …

Allerdings wurde mir das nicht sofort klar; ich

brauchte viele Wochen, um es herauszufinden – und als ich es entdeckte, wich ich erschrocken zurück. Ich hatte Angst, große Angst …Das Geheimnis war diese Frau. Ich liebte nur das Geheimnis …

… Ich liebte diese Frau! Ich begehrte sie! Ich begehrte sie!

Mein Gott, wie ich blutete …

Mein Geist zerriß in furchtbarem Schwung; ein anhaltender Schauer durchdrang schlängelnd mein Fleisch. Ich schlief nicht, träumte nicht einmal. Überall waren Risse um mich her, Hinterhalte voll fauligem Licht, grellem Lärm …

Damals begann ich in einer entschiedenen Willensanstrengung und mit hellem Verstand Kraft zu sammeln, um mich vor dem Abgrund zu retten, an den mich mein Leben schon so dicht herangeführt hatte … Ich fand die Lösung sogleich. Was mich zu dieser Frau hintrieb, was mich sie so glühend begehren ließ, war nicht ihre Seele, auch nicht ihre Schönheit – sondern nur ihr Mysterium. Wäre das Geheimnis gelüftet, würde der Zauber verfliegen, und ich hätte wieder festen Boden unter den Füßen.

So beschloß ich, mich Ricardo gegenüber vollkommen zu öffnen, ihm all meine Ängste mitzuteilen und ihn zu beschwören, mir alles zu offenbaren, wirklich alles, dem Mysterium ein Ende zu setzen und die Lücken meiner Erinnerung zu füllen.

Doch es war mir eben unmöglich, diesen Entschluß

in die Tat umzusetzen. Mir sank der Mut, als ich zu ahnen begann, daß ich viel mehr leiden würde, viel verstümmelter wäre, wenn der Zauber auf einmal zerbräche, als wenn er mich langsam auflöste.

Indessen wollte ich einen anderen Mut aufbringen, den Mut zu fliehen.

So schloß ich mich für eine Woche zu Hause ein, ohne das Geringste zu unternehmen, und verbrachte statt dessen den ganzen Tag *autour de ma chambre*. Es regnete immer mehr Billets meines Freundes, und da ich sie unbeantwortet ließ, suchte er mich eines Nachmittags persönlich auf. Ich ließ ausrichten, daß ich außer Haus wäre, doch Ricardo hörte nicht darauf, stürzte in mein Zimmer und brüllte mich an:

»Mann! Was zum Teufel bedeutet das? Mimen Sie seit neuestem den Nervenkranken? Los, tun Sie mir den Gefallen, ziehen Sie sich an und kommen Sie sofort mit zu mir nach Hause.«

Ich wußte keinen Hinderungsgrund, keine Entschuldigung vorzubringen. Ich entgegnete nur mit einem Lächeln:

»Regen Sie sich nicht auf. Das sind eben meine Schrullen ...«

Und im selben Augenblick beschloß ich, nicht mehr vor dem Abgrund zu fliehen, mich dem Strom auszuliefern – mich treiben zu lassen, wohin er mich trug. *Mit diesem Entschluß kam all meine Geistesklarheit zurück.*

Ich begleitete Ricardo. Beim Abendessen sprach er mir nur von meiner »Reife«, und der erste, der sich über selbige lustig machte, war ich.

Marta war an diesem Abend bildschön. Sie trug eine schwarze Bluse aus chinesischem Crèpe mit tiefem

Dekolleté. Der enganliegende Rock ließ die feinziselierte Linie ihrer Beine erahnen, die die offenen Schuhe fast nackt ließen, bedeckt nur von Strümpfen aus metallischen Fäden, zwischen deren Rautenmuster die Haut hervorlugte …

Und zum ersten Mal setzte ich mich beim Abendessen neben sie, da der Künstler es unter dem Vorwand eines lästigen Luftzuges ablehnte, seinen Stammplatz einzunehmen …

Wie die zwei Wochen verstrichen, die auf diese Nacht folgten, weiß ich nicht. Indessen hielt meine Geistesklarheit an. Kein absonderlicher Gedanke trübte meinen Verstand, kein Zaudern, kein Gewissensbiß … Und doch war ich mir bewußt, daß ich fortgerissen wurde, liebreizend fortgetragen in einer Wolke von Licht, die mich vollkommen einschloß und mir die Sinne betäubte – *deswegen konnte ich nichts sehen*, obgleich ich die Gewißheit hatte, daß mir meine Sinne hell und klar erhalten blieben. *Es war, als ob man meinen Geist in einer Schublade verwahrt hätte.*

Es geschah zwei Nächte nach meiner Rückkehr, daß ihre Hände ganz unwilkürlich zum ersten Mal die meinen trafen …

Ach! Diese Stunden, die wir allein verbrachten, diese tiefroten Stunden … Unsere Worte formten sich zu unzusammenhängenden Sätzen – wenigstens scheint es mir heute so –, unter denen wir verbargen, was wir fühlten, und es noch nicht enthüllen wollten, nicht aus irgendeiner Befürchtung heraus, sondern einzig und allein in dem perversen Verlangen, die Wollust zu steigern.

So sehr, daß sie eines Nachts wortlos meine Finger nahm und mit ihnen ihre Brustspitzen liebkoste – damit sie sich hart aufrichteten, und meine Finger dazu brachten, ihren Körper bald grob aus dem feurigen Gewebe des Seidenkimonos zu schälen.

Und jede Nacht war eine neue lautlose Sinnenlust.

So küßten wir uns bald die Zähne, bald streckte sie mir ihre nackten Füße entgegen, damit ich sie benagte – sie ließ das gelöste Haar über mich herabfallen, gab mir ihr geschminktes Geschlecht zu beißen, ihren obszönen Unterleib, bedeckt von violetten Tätowierungen …

Erst nach so viel raffinierter Glut, nach so vielen verruchten Ekstasen – schon zu kraftlos, um unsere Perversionen noch länger fortzuführen – besaßen wir uns wirklich.

Es geschah an einem traurigen, verregneten, schwarzen Nachmittag im Februar. Es war vier Uhr. Ich träumte von ihr, als plötzlich die Bezaubernde selbst vor mir erschien …

Mir entfuhr ein Schrei der Überraschung. Marta jedoch erstickte ihn sogleich mit einem Liebesbiß …

Es war das erste Mal, daß sie zu mir kam, und ich wunderte mich, besorgt wegen ihrer Verwegenheit. Aber ich konnte es ihr nicht sagen, denn sie biß mich noch immer …

Schließlich vermischten sich unsere Körper, pendelten verloren in feurigem Verlangen …

… Und wahrhaftig war es nicht ich, der sie besaß – es war sie, ja sie, die in ihrer vollkommenen Nacktheit Besitz von mir ergriff …

Nachts speiste ich wie gewöhnlich bei Ricardo.

Meine Gemütsverfassung war äußerst merkwürdig; nicht der kleinste Gewissensbiß, nicht die mindeste Verlegenheit – kein Wölkchen. Ganz im Gegenteil war ich seit langem nicht mehr so gut aufgelegt gewesen. Mein Freund bemerkte es selbst.

Wir beide unterhielten uns ausgiebig in dieser Nacht, was schon ewig nicht mehr vorgekommen war. Ricardo hatte an diesem Nachmittag endlich seinen Lyrikband abgeschlossen. Deswegen ließ er uns nicht allein …

… Und inmitten der vertraulichen Unterhaltung vergaß ich sogar die goldene Episode. Als ich um mich blickte, dachte ich nicht daran, daß Marta sicherlich in der Nähe war …

Am folgenden Morgen erinnerte ich mich beim Aufwachen, daß der Dichter mir eine seltsame Begebenheit mitgeteilt hatte:

»Wissen Sie, Lucio, daß ich heute eine bizarre Halluzination hatte? Es war nachmittags. Es muß wohl um vier Uhr gewesen sein … Ich schrieb meinen letzten Vers. Dann verließ ich mein Arbeitskabinett und wandte mich zum Schlafzimmer … Zufällig blickte ich in den Garderobenspiegel … *und sah mich nicht in ihm gespiegelt!* Wirklich! Ich sah alles um mich herum, ich sah alles, was mich umgab. *Nur mich selbst sah ich nicht* … Ach! Sie können sich meinen Schrecken nicht vorstellen … eine mysteriöse Empfindung durchfuhr mich … Aber wissen Sie was? Es war kein Entsetzen, sondern es war *Stolz*.«

Bei genauerem Nachdenken jedoch wurde mir klar, daß mir mein Freund dies in Wirklichkeit gar nicht erzählt hatte. Ich erinnerte mich – in einer sehr komplizierten und seltsamen Reminiszenz – nicht etwa daran, daß er es mir tatsächlich gesagt hätte, sondern vielmehr, daß er mir so etwas hätte sagen müssen.

V

Unsere Verbindung bestand fort, ohne daß sie der geringste Schatten trübte.

Ach, wie rühmte ich mich im Hochgefühl meiner Liebe … Ich lebte im Zauber, im fortwährenden Rausch einer gleißenden Vergötterung des Fleisches …

Ein fiebriger Wahn ließ unsere trunkenen Körper beben … Wie klein und nichtig fühlte ich mich, wenn sie über mich hinwegzog, irisierend und melancholisch, splitternackt und liturgisch …

Wo ich ging und stand, immer fühlte ich mich wie betäubt von ihrem Zauber und von meinem Triumph. Ich besaß sie! Ich besaß sie! … Und meine Begeisterung schwang sich so hoch auf, mein Verlangen wuchs so sehr, daß ich zuweilen – wie es billige Verliebte in ihren romanhaften und spießigen Brieflein schreiben – nicht an mein Glück glauben konnte, daß oft die Angst in mir hochkroch, das Ganze könnte nur ein Traum sein.

Mein Umgang mit Ricardo war immer gleich, ebenso meine Zuneigung für ihn. Ich fühlte weder Reue, noch verurteilte ich mich. Da ich mich im übrigen in allen Situationen schon im voraus zu sehen pflegte, hatte ich meine derzeitigen Umstände auch schon vorausgeahnt, wodurch ich mit einer gewissen Sicherheit ihr Eintreten erwartete.

Tatsächlich schädigte ich meinem Gefühl nach meinen Freund nicht im geringsten, ich ließ ihn nicht leiden – er sank keine Spur in meiner Hochachtung.

Die üblichen Skrupel oder die Vorstellung, ihn zu beleidigen, lagen mir völlig fern, denn ich richtete mich doch in keiner Weise gegen ihn; und wenn ich mich in seine Lage versetzte, brachte ich keine Entrüstung darüber auf, was ich ihm angetan hatte.

Anders gesagt, wenn mein Vorgehen am Ende wirklich ein Verbrechen gewesen sein sollte, so hatte ich es nicht aus böser Absicht begangen, ich tat es nicht *auf kriminelle Weise*. Daher war es mir unmöglich, Gewissensbisse zu haben.

Auch wenn ich ihn belog – ich achtete ihn mit derselben Zuneigung. Lügen bedeutet nicht weniger lieben.

Doch – wie seltsam! – diese vollkommene Liebe, diese Liebe ohne Reue ließ mich unbefriedigt, machte mich schmerzlich erbeben. Sie verursachte mir großes Leid. Aber mein Gott, warum nur? Grausames Rätsel …

Ich liebte sie, und sie begehrte mich auch, gewiß … Ganz strahlend gab sie sich mir hin … Was fehlte mir also?

Sie zeigte nicht die plötzlichen Launen oder die plötzliche Verweigerung der anderen Geliebten. Weder entzog sie sich mir, noch quälte sie mich … Was schmerzte mich dann?

Ein Geheimnis …

Gewiß, immer wenn ich sie besaß, war ich voller Angst – unruhiger Angst und Qual: Qual, wenn ich mich aufschwang, bläulich glühende Angst; Tod und Schrecken.

Wenn ich von ihr fort war und mir unsere Verzückung in Erinnerung rief, stieg plötzlich unerklärlicher Ekel in mir auf.

Nur wenn sie nicht bei mir war? … Nein, selbst im goldenen Augenblick des Besitzes sproß in mir dieser Abscheu empor, breitete sich unbeherrschbar aus, verschränkte sich mit den keuchenden Ekstasen; und – das ist der Gipfel des Absonderlichen – ich wußte es nicht, ahnte aber, daß dieser Abscheu lediglich körperlicher Abscheu war.

Ja, immer wenn ich sie zum Versiegen gebracht hatte, immer wenn ich mich an diesen Moment erinnerte, stieg eine übermäßige Lust an Morbidem, an Monströsem in mir auf, als hätte ich ein Kind, ein Wesen der anderen Art oder einen Leichnam besessen …

Ach! Und ihr Körper war ein einziger Triumph; ihr glorreicher Körper … ihr trunkener Körper, der ganz Haut war – aromatisch und läuternd, greifbar … heilsam …

Ach, welche inneren Kämpfe mußte ich nun führen, damit sie meinen Abscheu nicht bemerkte; doch dieses Gefühl – ich sagte es bereits und betone es – verdoppelte nur meine Begierde, steigerte sie …

Ich wand mich jetzt über ihren nackten Körper wie jemand, der sich in einen von Schatten umbrandeten Abgrund wirft, in dem Flammen und Dolchspitzen glitzern – oder wie jemand, der das feine Gift ewiger Verdammnis aus einer urzeitlichen fürstlichen Goldschale schlürft ...

Ich bekam vor mir selber Angst, daß ich sie eines Tages erwürgen könnte – und meinem Verstand, der sich manchmal in zusammenhanglose Schwärmereien verirrt, schwindelte bei dem plötzlichen Gedanken, ob denn diese phantastische Frau nicht schlicht und einfach ein Dämon sei, nämlich der Dämon meiner Buße in einem anderen Leben, zu dem ich schon herabgesunken wäre.

Und so zogen die Nachmittage dahin ...

So sehr ich mich auch bemühte, all meine Qual unserer Lüge, unserem *Verbrechen* zuzuschreiben – es gelang mir nicht, mich selbst zu täuschen. Es gab nichts, was ich bedauerte; ich konnte einfach keine Gewissensbisse haben ... All das waren Hirngespinste!

Nach einiger Zeit jedoch fügte ich mich voll und ganz in meine merkwürdige Lage, da ich sie unbedingt auskosten wollte und ohnehin ständig über sie nachgrübelte. Und so kehrte wieder Ruhe ein.

Und von neuem währte diese Zeit der Ruhe herzlich kurz. Angesichts des Mysteriums kann man wohl nicht still bleiben – und rasch erinnerte ich mich daran, daß ich immer noch nichts wußte von dieser Frau, die mir jeden Nachmittag ihre Arme entgegenstreckte.

In den intimsten Gesprächen, in den trunkensten Umarmungen blieb sie immer die gleiche Sphinx. Nicht ein einziges Mal öffnete sie sich mir vertrauensvoll; sie blieb weiterhin jemand, der keine einzige Erinnerung hatte.

Genaugenommen wußte ich nicht nur nichts über ihre Vergangenheit – auch an ihrer Gegenwart mußte ich zweifeln. Was trieb wohl Marta in all den Stunden, die wir nicht zusammen verbrachten? Das war doch äußerst seltsam! Niemals sprach sie mir davon; niemals erzählte sie auch nur die kleinste Episode – irgendeins dieser unbedeutenden Dinge, die alle Frauen, die wir alle schnell einmal erzählen, automatisch erzählen, ja noch die Zurückhaltendsten unter uns tun es ... *Es war tatsächlich so, als lebte sie nicht, wenn sie fern von mir weilte.*

Dieser Gedanke durchfuhr mich, und dann bemerkte ich einen anderen sehr merkwürdigen Umstand:

Marta schien nicht zu leben, wenn sie nicht bei mir war. Nun schön, wenn ich sie also nicht an meiner Seite hatte, blieb mir nichts von ihr, nichts Materielles, das ihre Existenz beweisen konnte: kein Brief, kein Schleier, keine vertrocknete Blume – weder Porträts noch Haarlocken. Nur ihr durchdringendes Parfüm, das sie in meinem Bett zurückließ, tanzte fein um mich herum. Aber ein Parfüm ist etwas Unwirkliches. Deswegen befiel mich wie einst jenes Verlangen, sie neben mir zu haben, um sicher zu sein, daß sie wenigstens *existierte.*

Wenn ich versuchte, sie mir vorzustellen, gelang es mir nicht einmal, sie auch nur undeutlich zu sehen. Ihre Körper- und Gesichtszüge zerrannen mir wie Traumfiguren. Und wenn ich sie mir manchmal gewaltsam in Erinnerung rufen wollte, erreichte ich lediglich, daß mir Ricardos Züge erschienen. Gewiß weil der Künstler derjenige war, der am engsten mit ihr zusammenlebte.

Ach, wie stark war doch meine Seele, daß sie dem Orkan standhielt, der sie durchpfiff ...

(In Klammern sei jedoch angemerkt, daß diese reale Obsession, die ich beschreibe, mein Gemüt nie dauerhaft beherrschte. Wochenlang konnte sie vollkommen verschwinden, und selbst zu den Zeiten, zu denen sie mich befiel, gab es Höhen und Tiefen.)

Zusätzlich zu dem, was ich hier dargelegt habe – und das war der Kern meiner Qualen – peinigten mich andere Kleinigkeiten, tückische Lappalien. Hier sei eine interessante Episode eingefügt, die trotz ihrer geringen Bedeutung erwähnt werden soll:

Obgleich Ricardo und mich eine große und enge Freundschaft verband, duzten wir uns nie, wohl deswegen, weil unsere Vertrautheit relativ spät begonnen hatte – weil wir nicht von Kindesbeinen an Gefährten waren. Übrigens wurde uns dieser Umstand nie bewußt.

Nun kam es zu dieser Zeit manchmal vor, daß ich meinen Freund plötzlich duzte. Und wenn ich es tat, verbesserte ich mich sofort – *errötend, als ob ich eine Unschicklichkeit begangen hätte*. Das wiederholte sich so oft, daß der Dichter eines Nachts mit größter Unbefangenheit bemerkte:

»Na komm, du mußt doch nicht ganz verlegen, zittrig und rot wie eine Tomate werden, wenn du mich aus Versehen duzt. Das ist doch lächerlich zwischen uns ... Von heute an ist es vorbei mit dem ›Sie‹ ... Es lebe das ›Du‹! Das ist viel natürlicher ...«

Und so geschah es. Trotzdem konnte ich in den ersten Tagen eine gewisse Verlegenheit im neuen vertrauten Umgang nicht unterdrücken – *ein Umgang, der mir erlaubt worden war.*

Ricardo hatte sich oft genug Marta gegenüber lustig gemacht, indem er sagte:

»Dieser Lucio hat immer irgendeine Schrulle ... nicht wahr? Er gibt sich wie eine jungfräuliche Braut ... wie ein verschüchtertes Täubchen ... Was das wohl zu bedeuten hat? ...«

Indessen hatte meine Verlegenheit ihren Grund – einen komplizierten, zugegebenermaßen, denn Marta und ich duzten uns natürlich in unseren innigen Zusammenkünften, unseren Umarmungen.

Ich wußte um meine Zerstreutheit – und daher befürchtete ich, daß ich sie einmal in Ricardos Gegenwart so vertraut anreden könnte. Diese Angst wurde schließlich zur fixen Idee, und genau wegen dieser übertriebenen Aufmerksamkeit unterliefen mir eines Tages plötzlich Versehen. *Doch dabei duzte ich nicht etwa Marta, sondern immer Ricardo.*

Und obgleich wir ja später übereingekommen waren, diese Anrede zu benutzen, währte meine Verlegenheit noch einige Tage fort – so als ob Ricardo arglos und vertrauensselig verlangt hätte, daß ich und seine Gefährtin uns duzten.

Meine Rendezvous mit Marta fanden immer nachmittags bei mir statt, denn sie wollte sich mir nie bei sich zu Hause hingeben. Dort bot sie mir nur ihre Lippen zu Liebesbissen dar und erlaubte uns silbrige Laster.

Mich verblüffte die offensichtliche Leichtigkeit, mit der sie sich jeden Nachmittag um dieselbe Zeit mit mir treffen und lange Stunden verweilen konnte.

Einmal empfahl ich ihr Vorsicht, doch sie lachte nur. Ich verlangte Erklärungen: Wieso fielen ihre langen Abwesenheiten nicht auf, wieso kam sie immer ganz gelassen bei mir an, schlenderte sorglos durch die Straßen, kümmerte sich nie um die Uhrzeit … Und sie brach in Gelächter aus, biß mir in den Mund … und verschwand …

Nie mehr stellte ich sie in dieser Angelegenheit zur Rede. Es wäre geschmacklos gewesen, darauf zu beharren. Indessen war dies ein Geheimnis mehr, das zu meiner Obsession beitrug, das die Erregung steigerte …

Auch sonst kannte Martas Verwegenheit keine Grenzen.

In ihrem Haus küßte sie mich bei offenen Türen, ohne einen Gedanken daran zu verschwenden, daß uns irgendein Bediensteter hätte entdecken können – oder Ricardo selbst, der oft plötzlich aus dem Arbeitszimmer trat. Sie hatte nie solche Ängste. Es schien, als ob uns so etwas nicht passieren könnte – *als ob wir uns gar nicht küßten …*

Und es gab noch jemanden, der sehr vertrauensselig war: der Dichter selbst. Ein Blick genügte, um sofort zu sehen, daß ihn keine Sorge bedrückte. Nie hatte ich ihn so zufrieden, so gut gelaunt erlebt.

Jener unbestimmte Anschein von Melancholie, der Bitternis, der nach seiner Heirat noch ab und zu sein Gemüt bewölkte, war jetzt gänzlich verschwunden – als hätte er im Laufe der Zeit die Begebenheit vergessen, deren Erinnerung ihm jene flüchtige Wolke verursachte.

Seine früheren seelischen Konflikte quälten ihn seit

dem Zeitpunkt nicht mehr, wie er mir versicherte, als ich in Lissabon angekommen war – in dieser Hinsicht hätte er sein Leben bereinigt.

Und – wie seltsam! – genau als Marta zu meiner Geliebten wurde, waren alle Wolken verschwunden, sah ich eine nie gekannte Zufriedenheit an ihm – seinen Stolz, seinen Jubel, *seinen Triumph* …

Martas Unvorsichtigkeit wuchs jetzt von Tag zu Tag.

In ihrem verrückten Übermut hielt sie nicht einmal mehr in Ricardos Gegenwart gewisse Gesten der Zärtlichkeit zurück.

Ich zitterte am ganzen Leibe, doch der Dichter fand nie etwas dabei – sah es nie; und wenn er etwas sah, so belustigte er sich darüber und schaute zu.

So geschah es eines Nachmittags im Sommer, als wir bei Kaffee und Kuchen auf der Terrasse saßen, daß Marta plötzlich in einer Anwandlung, die man schlicht als lausbübisch bezeichnen könnte, mir befahl, sie auf die Stirn zu küssen – zur Strafe für irgend etwas, was ich zu ihr gesagt hatte. Ich zauderte, wurde rot; aber da Ricardo darauf bestand, beugte ich mich vor Furcht bebend zu ihr und näherte meine Lippen ihrer Haut, fast ohne sie zu berühren …

Und Marta:

»Was für ein ungeschickter Kuß! Es darf doch nicht wahr sein, daß er nicht einmal versteht, einen ordentlichen Kuß zu geben … Schämst du dich nicht? Komm Ricardo, bring du es ihm bei …«

Lachend erhob sich mein Freund, ging auf mich zu … nahm mein Gesicht zwischen die Hände … und küßte mich …

Ricardos Kuß war gleich, vollkommen gleich, er besaß dieselbe Färbung, er verwirrte mich genauso wie die Küsse meiner Geliebten. Ich hatte ihn auf dieselbe Weise gespürt.

VI

Meine Pein verstärkte sich mit jeder Nacht. Und obwohl ich ganz klar sah, daß all mein Leiden, all meine Ängste nur von verqueren fixen Ideen herrühren konnten, ahnte ich doch mit strahlender Gewißheit eines voraus: Wie immer sich die Dinge auch verhielten, es gab in dieser Geschichte einen realen Hintergrund für die Panik, die mich zu jeder Stunde befiel. Mochten meine Obsessionen noch so verquer sein – ach, meine Befürchtungen waren im Grunde nur allzu berechtigt.

Unsere Rendezvous setzten sich jeden Nachmittag bei mir zu Hause fort, und nun zitterte ich der Stunde unserer Vereinigung entgegen. Ich zitterte und ersehnte zugleich schmachtend das, was mir Angst einflößte.

Ich hatte meinen Abscheu vergessen, denn mich quälte jetzt ein anderer Zweifel: Obgleich sich unsere Körper umschlangen, sich ineinander verzahnten, obgleich sie mein gewesen war, ganz mein – schien es mir mehr und mehr, wer weiß wieso, daß ich sie niemals vollkommen besitzen würde, ja daß es sogar aus einer unergründlichen physischen Unmöglichkeit ausgeschlossen wäre, jenen Körper voll und ganz zu besitzen: *es war, als ob* sie *mein Geschlecht hätte!*

Und immer wenn mich dieser halluzinatorische Gedanke durchdrang, erinnerte ich mich daran, daß Ricardos Kuß, dieser maskuline Kuß, mir nach den Liebesbissen Martas geschmeckt hatte; er hatte dieselbe Färbung gehabt, dieselbe Verwirrung ausgelöst …

Es vergingen ein paar Monate. Die Zeit floß mehr oder weniger ruhig dahin. Ich vergaß meine Beunruhigung, mein Geheimnis, und verfaßte einen neuen Novellenband – den letzten, den ich schreiben sollte …

Meine traurigen Träume, meine Notizhefte mit hochfliegenden Plänen – ich sammelte euch an … häufte euch auf mit großem Elan, und zuletzt stürzte alles in Trümmern zusammen … Ich Luftikus, ätherischer Baumeister von Türmen, die sich nie erheben werden, von Kathedralen, die niemals geweiht wurden … Arme Türme aus Mondschein … arme Kathedralen aus Nebel …

Damals gab es auch eine sehr interessante Phase in meiner Krise, die ich nicht unerwähnt lassen möchte, während der ich viel über meinen Fall nachdachte, allerdings ohne mich irgendwie aufzuregen – kalt, unbeteiligt, als ob mich dieser Fall nichts anginge.

Und ich machte mich vor allem daran, dem Ursprung unserer Beziehung noch einmal nachzugehen: Unter welchen Umständen war sie entstanden? Es war ein Rätsel … Ja, so seltsam es auch klingen mag, mir waren tatsächlich all jene kleinen Episoden entfallen, die ihr notgedrungen vorausgegangen sein müssen. Denn gewiß hatten wir nicht sogleich mit Küssen begonnen, mit lasterhaften Zärtlichkeiten – zweifellos hatte es irgend etwas davor gegeben, an das ich mich nun nicht mehr erinnern konnte.

Meine Vergeßlichkeit war so groß, daß ich, um ehrlich zu sein, gar nicht den Eindruck hatte, etwas vergessen zu haben; es erschien mir ebenso unmöglich, diese Episoden in Erinnerung zu bringen, wie es unmöglich ist, sich an Dinge zu erinnern, die nie geschehen sind …

Aber, ich wiederhole, diese abstrusen Gedanken marterten mich nicht weiter, denn während dieser Phase beobachtete ich mich immer wie ein Außenstehender – in spielerischem Erstaunen, von dem das damalige Gefühl der Linderung herrührte.

Ich erinnerte mich nur – wie ich erzählt habe – an die erste Berührung unserer Hände, an unseren ersten Kuß … Aber nicht einmal das. Die schlichte Wahrheit ist, ich wußte lediglich, daß es mit Sicherheit ein erstes Berühren der Hände, einen ersten Liebesbiß gegeben haben muß … wie bei allen Romanzen …

Immer wenn mich die sehnsüchtige Erinnerung an jenen ersten Kuß am lebhaftesten überfiel, kam er mir wie die natürlichste, wie die am wenigsten verbrecherische Sache der Welt vor, auch wenn er auf den Mund gegeben wurde … Auf den Mund? Aber nicht einmal dessen war ich mir sicher. Im Gegenteil war es auch gut möglich, daß er mir auf die Wange gedrückt worden war – wie Ricardos Kuß, *der denen Martas so sehr glich …*

Mein Gott, mein Gott, wer hätte geahnt, daß ich mich damals erst auf der Hälfte meines Leidenswegs befand, daß all das, was ich bis dahin erlitten hatte, sich nicht vergleichen ließ mit meinem neuen Martyrium – ach, diesmal einer überaus realen Folter, keiner bloßen Obsession …

In der Tat bemerkte ich eines Tages, daß gewisse Veränderungen in Martas Benehmen vor sich gingen – eine unbestimmbare Gezwungenheit in ihren Gesten, in ihrer Miene, eine seltsame Entfremdung, die gewiß von irgendeinem Kummer herrührte. Zugleich fiel mir auf, daß sie sich mir nicht mehr mit derselben Intensität hingab.

Sie hielt sich jetzt nicht mehr so lange bei mir auf, und eines Nachmittags kam sie überhaupt nicht, zum ersten Mal.

Am folgenden Tag spielte sie nicht auf ihre Abwesenheit an, und ich wagte ebensowenig, ihr irgendwelche Fragen zu stellen.

Unterdessen bemerkte ich, daß sich ihr Gesichtsausdruck wieder verändert hatte: Die melancholische Heiterkeit ihres Antlitzes war zurückgekehrt – aber diese Heiterkeit war jetzt anders, blonder, sinnlicher, gedämpfter …

Und von da an begann sie des öfteren nicht zu erscheinen – oder außerhalb der gewohnten Stunden zu kommen und sogleich wieder zu gehen, ohne sich mir hingegeben zu haben.

Dergestalt lebte ich nun in unaufhörlicher Qual. Jeder Tag, der neu anbrach, war erfüllt von meiner Angst, daß sie wegbleiben könnte. Und von den Morgenstunden an wartete ich auf sie, ohne außer Haus zu gehen, in unbändiger Erregung, die mich verzehrte, die in mir loderte.

Marta hatte ihrerseits nie daran gedacht, mir ihre Abwesenheiten, ihre Verweigerung zu rechtfertigen. Und obgleich ich es wollte und brennend ersehnte, wagte ich nicht, ihr auch nur die geringste Frage zu stellen.

Übrigens muß ich erklären, daß unsere innige Freundschaft mit dem Anbruch unserer Liebesbeziehung zu Ende war. Seit Marta die meine geworden war, betrachtete ich sie tatsächlich wie ein Geschöpf, das einem gänzlich überlegen ist und dem man alles verdankt. Ich empfing ihre Liebe wie das Almosen einer Königin – wie etwas, das ich am wenigsten erhoffen durfte, *wie eine Unmöglichkeit.*

Daher wagte ich nicht, auch nur ein Wort zu riskieren.

Ich war nichts weiter als ihr Sklave – ein Sklave, mit dem die liederliche Patrizierin Orgien feierte … Doch gerade deshalb grub sich meine Pein um so quälender ein.

Eines Nachmittags faßte ich einen Entschluß.

Lange schon war die Uhrzeit verstrichen, nach der Marta niemals mehr zu kommen pflegte. – Ach! Was sollte ich tun? Warum war sie nicht da?! Was es auch war, ich mußte nun etwas in Erfahrung bringen.

Schon mehr als einmal, als sie nicht erschien, war ich drauf und dran gewesen, sie aufzusuchen. Aber niemals hatte ich es gewagt, mein Zimmer zu verlassen, in der kindlichen Furcht, sie könnte – wenn auch sehr verspätet – immer noch auftauchen.

Eines Tages allerdings überwand ich mich. Ich entschloß mich … und lief in glühendem Verlangen zum Haus meines Freundes. Ich traf ihn in seinem Arbeitszimmer an. Begraben unter einer Lawine von Papieren war er gerade dabei, eine Auswahl seiner bisher unpublizierten Verse zu treffen für eine zweibändige Ausgabe, die ihn seit mehr als einem Jahr beschäftigte.

»Vortrefflich, daß du gekommen bist«, rief er mir zu, »du kannst mir bei dieser furchtbaren Aufgabe helfen! …«

Ich stotterte eine Erwiderung hervor und wagte nicht, nach seiner Gefährtin zu fragen, dem einzigen Grund meines unerwarteten Besuchs … War sie zu Hause? Wenig wahrscheinlich. Trotzdem konnte es sein …

»Ich habe sie gerade beim Abendessen gesehen. Sie trug ein Ausgehkleid …«

Sofort verschwanden all meine peinigenden Grübeleien und verwandelten sich in Eifersucht – Eifersucht, die ich vor meiner Geliebten schamhaft zu verbergen suchte, die ich vor mir selbst zu verbergen trachtete, indem ich meine einstigen Extravaganzen vorschob. Doch immer umsonst.

Trotzdem vergingen nie drei Tage in Folge, ohne daß Marta mir gehörte.

Der physische Abscheu, den ihr Körper mir schon einmal eingeflößt hatte, war wiedergekehrt. Dieser Abscheu jedoch, zusammen mit der Eifersucht, machte mich um so begieriger, ließ mich in feuerblonden Zuckungen zerfließen.

Noch zu wiederholten Malen lief ich an den Nachmittagen, an denen sie fernblieb, zu ihrem Haus. Aber immer traf ich nur Ricardo an. Marta erschien lediglich zum Abendessen ... Und in meiner unglaublichen Schüchternheit fragte ich nie nach ihr – ich vergaß es sogar, als ob nicht genau dies der Grund gewesen wäre, meinen Freund zu dieser Stunde aufzusuchen ...

Eines Tages allerdings wunderte sich der Dichter über meine unverhofften Besuche, über die fiebrige Miene, mit der ich ankam, und seitdem wagte ich nicht einmal mehr, diese ohnehin unnützen Versuche zu wiederholen. So beschloß ich, ihr nachzuspionieren.

Eines Nachmittags nahm ich ein Coupé und ließ es mit geschlossenen Vorhängen vor ihrem Haus halten ... Ich wartete einige Zeit. Schließlich kam sie heraus. Ich befahl dem Kutscher, er möge ihr in einiger Entfernung folgen ... Marta nahm eine Querstraße, ging um die Ecke, bog in eine Allee ein, die parallel zu derjenigen lief, in der sie wohnte, und die erst spärlich bebaut war*. Sie wandte sich zu einem niedrigen

* Als dieser Text geschrieben wurde, kam es gerade zu einer planmäßigen Erweiterung Lissabons in Richtung Norden. Nach dem Vorbild von Paris entstanden die Avenidas Novas, ein Raster von breiten Alleen und begrünten Plätzen, die nach und nach mit modernen Wohngebäuden bestückt wurden.

Gebäude mit grünen Fliesen. Ohne anzuklopfen trat sie ein …

Ach, wie ich litt, wie ich litt! … Ich besaß nun den eindeutigen Beweis dafür, daß sie einen anderen Liebhaber hatte … Wie verrückt war ich, daß ich es hatte wissen wollen … Nun konnte ich mich nicht mehr darüber hinwegtäuschen, selbst wenn ich wollte …

Und wie falsch war es doch damals gewesen zu glauben, daß mich die fleischliche Untreue meiner Geliebten nicht berührte, daß es mir wenig ausmachte, ob andere sie besaßen …

•

So begann also die letzte Marter …

In einer großen, vergeblichen Anstrengung bemühte ich mich noch zu vergessen, was ich entdeckt hatte – ich steckte den Kopf unter die Bettdecke wie die Kinder, die sich in Winternächten vor Räubern ängstigen.

Wenn ich sie jetzt umschlang, geriet ich in so tiefe Ekstasen und biß sie so gierig, daß sie sich einmal bei mir beklagte.

In der Tat, sie noch von einem anderen Liebhaber besessen zu wissen, ließ mich in meiner Seele leiden und erregte mich doch nur noch mehr, schraubte meine Begierden noch höher …

Ja! Ja! – Violette Färbungen! – Jener prächtige, triumphierende Leib gab sich drei Männern hin – drei männliche Wesen räkelten sich über ihm, um ihn zu entweihen, um ihn auszusaugen! … Drei? Wer weiß, vielleicht eine Vielzahl? … Und während mich dieser Gedanke zerriß, kam mir das perverse Verlangen, daß es so sein möge …

Wenn ich sie jetzt in Glut versetzte, dann war es mir tatsächlich, als ob ich in diesen monströsen Küssen auch all die Leiber besäße, die je über den ihren hinweggeglitten waren.

Ich wurde zur Abwechslung süchtig danach, auf ihrer Haut einen Biß, einen Liebeskratzer, irgendein Zeichen des anderen Liebhabers aufzuspüren ...

An einem Triumphtag entdeckte ich schließlich an ihrer linken Brust einen großen schwarzen Fleck ... Rasend stürzte sich mein Mund auf diesen Fleck, saugte, knabberte ihn an, riß ihn auf ...

Doch Marta schrie nicht. Es wäre das Natürlichste gewesen, über meine Gewalttat zu schreien, denn in meinem Mund schmeckte ich ihr Blut. Aber sie beklagte sich tatsächlich nicht, ja es hatte den Anschein, daß sie diese brutale Liebkosung nicht einmal bemerkte.

Und so kam es, daß ich mir, als sie fortgegangen war, meinen Feuerkuß nicht mehr ins Gedächtnis rufen konnte – aufgrund einer seltsamen Verunsicherung war es mir unmöglich, mich an ihn zu erinnern ...

Ach, was gäbe ich nicht dafür, den Namen ihres anderen – oder ihrer anderen – Liebhaber zu erfahren ...

Wenn sie mir ihre Liebschaften offen und aufrichtig mitteilte, wenn ich den Zeitpunkt wüßte, so würde all meine Eifersucht verfliegen, denn sie hätte keinen Existenzgrund mehr.

Wenn sie vor mir nichts verbergen würde, *sondern nur vor den anderen*, stünde ich an erster Stelle. Das könnte mich nur eitel machen; keinesfalls dürfte ich dann so vermessen sein, mich zu entrüsten. Denn in Wahrheit wies alles darauf hin, daß mein Leiden lediglich von meinem verletzten Stolz herrührte.

Nein, ich hatte mich damals nicht geirrt, als ich dachte, daß es mich nicht im geringsten quälen würde, wenn sich meine Geliebte anderen hingab. Nötig war einzig und allein, daß sie mir ihre Liebschaften erzählte, bis in die letzten Intimitäten.

Mein Stolz ließ alles zu, nur keine Geheimnisse. Und bei Marta war alles Geheimnis. Daher meine Angst – *daher meine Eifersucht.*

Oft – so glaube ich – bemühte ich mich, ihr das begreiflich zu machen, ihr meine Art des Fühlens darzulegen, um zu sehen, ob ich ihr nicht ein volles Geständnis entlocken und so meinem Martyrium ein Ende setzen könnte. Sie jedoch verstand mich entweder nicht, oder ihre Zuneigung war zu begrenzt für einen so großen Liebesbeweis.

Wenn nun auch angesichts meiner Eifersucht alle anderen fixen Ideen verschwunden waren, so blieben mir doch noch – ich sagte es bereits – meine unbegreiflichen Gefühle des Abscheus.

Und als ich erneut versuchte, sie mir selbst klarzumachen, befiel mich plötzlich die Befürchtung: *Sollten sie durch den anderen Liebhaber verursacht sein?*

Ich erkläre mich:

Schon immer hegte ich große physische Antipathien, immer nur auf Äußerlichkeiten bezogen. Ich erinnere mich beispielsweise, daß ich in dem Restaurant in Paris, wo ich allabendlich mit Gervasio Vila-Nova speiste, zuweilen eine junge Italienerin antraf.

Dieses wirklich nette Mädchen, zweifellos ein Künstlermodell, beeindruckte mich zutiefst und erfüllte mich fast mit Verlangen.

Doch das ging rasch vorbei.

Denn ich sah sie eines Sonntags Hand in Hand mit einem gewissen Kerl, den ich zu Tode verabscheute und den ich schon kannte, da ich ihm jeden Nachmittag beim Kartenspiel in einem bürgerlichen Café an der Place Saint Michel begegnete. Er war genau von dem Schlag, den die vollreifen Damen in den Vierzigern und die Dienstmädchen *einen hübschen Jungen* nennen. Sehr blaß, rosahäutig und blond, gut gestutztes Schnurrbärtchen, gelocktes Haar; langbewimperte Äuglein, ein kleiner Mund – alles allerliebst in Butter modelliert; ölig in seiner Art, in seinen Gebärden. Kassierer in einem Modegeschäft – ach, es paßte alles wunderbar zusammen! …

Mich ärgerte diese überzuckerte Kreatur derart, daß ich nie mehr einen Fuß in das provinzielle Café an der Place Saint Michel setzte. In der Tat war mir seine Gegenwart absolut unerträglich. Mir kam immer ein unwiderstehliches Verlangen hoch, ihm ins Gesicht zu speien; er löste in mir dieselbe Übelkeit aus wie etwa eine Mischung aus ranzigem Speck, Hühnerschmalz, Honig, Milch und Fenchel …

Wenn ich ihn traf – was leider nicht selten geschah – konnte ich eine ungehaltene Geste nie unterdrücken. Eines Mittags speiste ich nicht einmal, denn als ich mich in einem Restaurant niederließ, das ich normalerweise nicht aufsuchte, hatte die geschniegelte Person die Frechheit besessen, sich mir gegenüber am selben Tisch breitzumachen ... Ah! Wie sehr hätte es mir gefallen, ihn zu ohrfeigen, sein Näslein mit Faustschlägen gehörig zu bearbeiten ... Aber ich beherrschte mich, zahlte und ging.

Und nun dieses nette, anmutige Mädchen Hand in Hand mit solch einem Einfaltspinsel anzutreffen – es war, als hätte ich sie tot zu meinen Füßen niedersinken sehen. Sie hörte nicht auf, liebreizend zu sein – natürlich nicht –, aber es sträubte sich alles in mir, ihr je wieder nahezukommen. Das blonde Männlein hatte sie für immer beschmutzt, durch ihn war auch sie irgendwie fettig geworden. Und wenn ich sie geküßt hätte, wäre mir sogleich die buttrige Erinnerung an ihn gekommen, ein feuchter Geschmack nach Speichel, Klebrigem und Zähflüssigem. Sie zu besitzen wäre dasselbe gewesen wie in einem schmutzigen Meer zu baden, auf dem gelblicher Schaum, Stroh, Korkstücke und Melonenschalen trieben ...

Und wenn nun mein Gefühl des Abscheus gegenüber Martas herrlichem Körper denselben Ursprung hätte? War jener Liebhaber, den ich nicht kannte, vielleicht jemand, der mir großen Ekel einflößte? Ich ahnte, es konnte wohl so sein, um so mehr, als ich – ich gestand es bereits – beim Liebesakt mit ihr die monströse Empfindung hatte, auch den männlichen Leib dieses Liebhabers zu besitzen.

Aber im Grunde war ich eigentlich noch überzeugt davon, daß ich mich irrte; daß es sich gewiß um einen ganz anderen Menschen handelte, daß der Grund für meinen rätselhaften Abscheu komplizierter sein mußte. Oder besser gesagt, daß, selbst wenn ich ihren Liebhaber kennengelernt hätte und er mir widerwärtig gewesen wäre, dies nicht der Grund für meinen Ekel sein konnte.

In der Tat erregte ihr Fleisch in mir keineswegs Übelkeit – es war eher eine Empfindung des Abartigen, des *Unbekannten*: Mich ekelte ihr Körper an, wie mich auch Epileptiker, Zauberer, Erleuchtete, Könige, Päpste immer anwiderten – all jene, die vom Mysterium gezeichnet sind …

In einer letzten Anstrengung versuchte ich noch, eine Erklärung aus Marta herauszulocken – ihr aufrichtig mein ganzes Martyrium zu offenbaren oder sie wenigstens zu beschimpfen. Kurz und gut, meiner höllischen Situation irgendein Ende zu setzen.

Aber ich schaffte es nie. Wenn ich daranging, ihr das erste Wort zu sagen, sah ich ihre Augen voll Unendlichkeit … ihr Blick faszinierte mich. Und wie ein Medium im Hypnosezustand brachte ich plötzlich ganz andere Sätze hervor – *vielleicht diejenigen, zu denen sie mich zwang.*

Da beschloß ich, wenigstens herauszufinden, wer in dem grünen Gebäude wohnte. Mich stießen mißtrauische Nachforschungen zwar ab, aber war ich nicht schon auf dieses Niveau herabgesunken, indem ich Marta verfolgt hatte?

So wappnete ich mich mit Mut und beschloß, in der Nachbarschaft Informationen einzuholen, auch wenn ich im Extremfall den Pförtner befragen mußte – vorausgesetzt, das Gebäude besäße einen.

Für meine Nachforschungen wählte ich den Sonntagvormittag, den Tag, an dem Marta und ich uns für gewöhnlich nachmittags im Haus des Dichters trafen, der uns dann in seinem Automobil spazierenfuhr. Damals – man schrieb das Jahr 1899 – erregte das in Lissabon noch großes Aufsehen.

Doch als ich in die Querstraße einbog, die zu der Allee führte, wo sich das geheimnisvolle Gebäude befand, konnte ich eine ärgerliche Regung nicht unterdrücken, denn Ricardo ging vor mir her. Ich konnte mich nicht mehr verstecken. Er hatte mich schon gesehen, wer weiß wie:

»He, du hier um diese Zeit? ...« rief er verwundert aus.

Ich nahm mich zusammen und stotterte hervor:

»Da staunst du ... Ich war zu dir unterwegs ... Aber da kam mir der Gedanke, diese neuen Straßen anzusehen ... Ich bin in letzter Zeit so schlechter Stimmung ...«

»Wegen der Hitze?«

»Nein ... Und du selbst ... sag mir ... Normalerweise gehst du am Vormittag nicht außer Haus ... vor allem sonntags ...«

»Ach, das ist nur so eine Laune. Gerade habe ich ein paar Verse fertiggestellt. Und da ich Sehnsucht hatte, sie jemandem vorzulesen, habe ich mich zu Sergij Warginsky aufgemacht ... Er wohnt hier gleich in der Nähe ... Komm mit ... Wir vertreiben uns die Zeit bis zum Mittagessen ...«

Bei diesen Worten begann ich am ganzen Leibe zu

zittern. Schweigsam und mechanisch lief ich neben ihm her.

Der Künstler brach das Schweigen:

»Und wie steht es mit deinem Theaterstück?«

»Ich habe es vergangene Woche beendet.«

»Wie bitte!? Aber du hast mir ja davon kein Sterbenswörtchen gesagt! …«

Ich entschuldigte mich und murmelte:

»Kann sein, daß ich es versäumt habe …«

»Mein lieber Mann! Du hast eine verteufelt komische Art zu antworten …«, rief er lachend aus – ich erinnere mich genau. Und fuhr fort:

»Aber erzähl' doch rasch … Bist du mit deinem Werk zufrieden? … Wie hast du schließlich jene Schwierigkeit im zweiten Akt gelöst? Bleibt es dabei, daß der Bildhauer sterben muß? …«

Und ich entgegnete:

»Es geht alles ganz gut aus. Der Bildhauer …«

Inzwischen waren wir vor dem grünen Gebäude angelangt. Ich unterbrach mich plötzlich …

Nein, nein! Das mußte eine Sinnestäuschung sein:

Vor unseren Augen auf dem anderen Bürgersteig ging Marta, wie immer mit ihrem leichten, zögernden aber schnellen, geräuschlosen Schritt, und steuerte – ohne uns zu erblicken und ohne um sich zu schauen – direkt auf das geheimnisumwitterte Haus zu, klopfte diesmal an die Tür und trat ein …

Und im selben Augenblick sagte der Dichter, während er mir den Arm heftig drückte:

»Eigentlich ist es Unsinn, den Russen zu belästigen. Denn im Grunde bin ich viel zu gespannt darauf, dein

Theaterstück kennenzulernen. Gehen wir es doch bei dir holen. Ich möchte es heute nachmittag hören. Um so mehr, als das Automobil zur Reparatur muß. Es vergeht kaum ein Tag, an dem es nicht kaputtgeht.

Den ganzen restlichen Tag war mir, als hüllten mich dicke Nebelschleier ein. Dennoch mußte ich Ricardo und Marta mein Drama vorlesen. Ja, als wir in den Palais zurückkehrten, nicht ohne zuvor kurz bei mir gewesen zu sein, war Marta auch schon wieder da *und hatte sich sogar – wie ich bemerken konnte – bereits umgekleidet.* Entgegen ihrer Gewohnheit trug sie jedoch kein Hauskleid, sondern hatte sich für einen Spaziergang zurechtgemacht.

Ich erinnere mich, daß mich während der gesamten Lesung meines Theaterstückes nur die eine klare Empfindung beherrschte: Unglaublich, daß ich in meinem Gemütszustand arbeiten konnte.

Allerdings hatte ich beobachtet, daß meine Schmerzen, meine Ängste, meine Obsessionen mit Unterbrechungen auftraten, daß sie in Schüben kamen, die dann wieder abebbten: Wie in Tagen sozialen Aufruhrs das Alltagsleben zwischen Kanonendonner und Pulverdampf auf den Plätzen weitergeht, so setzte sich mein intellektuelles Leben inmitten meiner großen Qualen fort. Genau deshalb war es mir bis jetzt gelungen, vor allen anderen die Pein meines Gemüts geheimzuhalten.

Aber zusammen mit diesem klaren Gedanken, den

ich soeben beschrieben habe, kam mir während der Lektüre eine andere, sehr wunderliche Idee. Es schien mir nämlich in gewisser Weise, als ob ich mein Drama wäre – also etwas Künstliches – und mein Drama die Realität.

Eine Parenthese:

Wer mir bis hierher gefolgt ist, dürfte wohl meine Unparteilichkeit, meine völlige Aufrichtigkeit anerkennen. In der Tat drücke ich mich in dieser einfachen Darlegung meiner Unschuld nie davor, meine fixen Ideen zu beschreiben, meine offensichtlichen Grillen, die strenggenommen zu dem Schluß führen könnten, daß ich zwar kein Schuldiger sei, doch aber ein Schwindler oder – noch härter beurteilt – ein Wahnsinniger. Ja, *ein Wahnsinniger*, ich scheue mich nicht davor, es hinzuschreiben. Darüber darf kein Zweifel bestehen, denn ich brauche alles Vertrauen für das Ende meiner Darlegung, das so mysteriös und halluzinatorisch sein wird.

Ricardo und Marta beglückwünschten mich sehr zu meinem Werk, glaube ich. Aber ich kann es nicht mit Bestimmtheit sagen wegen dieses dichten grauen Nebelschleiers, der mich umgab und der mir klare Erinnerungen nur über das beließ, was ich bereits dargelegt habe.

Ich speiste mit meinen Freunden zu Abend. Unter dem Vorwand eines leichten Unwohlseins verabschiedete ich mich früh.

Ich lief schnellstmöglich nach Hause. Sogleich legte ich mich hin ... Doch als ich vor dem Einschlafen noch einmal die Hauptbegebenheit des Tages Revue passieren ließ, wurde ich eines merkwürdigen Umstands gewahr:

Als wir vor dem grünen Gebäude stehengeblieben waren, hatte ich Marta plötzlich zerstreut herbeikommen sehen, bis sie dann an die Tür klopfte ... Nun, nach der Richtung zu urteilen, aus der sie in mein Blickfeld kam, konnte es nicht anders sein, als daß sie immer hinter uns hergegangen war. Also mußte sie mich gesehen haben; *also mußte ich sie gesehen haben*, als ich mich – daran erinnerte ich mich ganz genau – zufällig vor einem großen Gebäude, das im Bau war, umgesehen hatte. Und im selben Augenblick – ich weiß nicht, aus welchem Grund – erinnerte ich mich daran, daß mein Freund, als er plötzlich beschlossen hatte, Warginsky doch nicht mehr zu besuchen, seinen Satz mit den Worten beendete: »... da das Automobil zur Reparatur muß. Es vergeht kaum ein Tag, an dem es nicht kaputtgeht.«

Und dies waren die einzigen Worte, an die ich mich genau erinnerte – eigentlich die einzigen, die ich sicher war gehört zu haben. Allerdings sind es auch die einzigen, die er nicht hätte aussprechen dürfen ...

Noch lange Stunden brachte ich damit zu, meinen verstörenden Tag zu verarbeiten. Doch schließlich überkam mich ein Schlaf, der bis in die späten Morgenstunden andauerte ...

Zwei Tage später hatte ich *endlich* den Mut abzureisen, ohne jemandem vorher Bescheid zu geben, ohne ein Wort an Ricardo zu schreiben …

Ach, das Gefühl der Erleichterung, das mich überkam, als ich schließlich am Quai d'Orsay aus dem Zug stieg: Ich atmete auf, meine Seele entfaltete sich.

In der Tat erlitt ich meine Seelenschmerzen körperlich. Und mich quälte schon seit langem der furchtbare Eindruck, daß sich meine Seele verkrümmt, verrenkt, verwischt hatte …

Aber jetzt, da ich mich von alledem, worin ich mich verstrickt hatte, weit entfernt sah, hatte sich dieser seltsame Schmerz aufgelöst, und ich fühlte, wie mein Geist sich wie einst entwirrte.

Dabei waren meine Qualen während der Reise, im Verlangen, endlich Paris zu erreichen, noch glühender geworden. Ich meinte nie in Paris anzulangen, fürchtete, daß es unmöglich wäre, siegreich zu entkommen, daß ich gewiß träumte – oder daß man mich auf der Fahrt irrtümlich festnehmen würde; daß man mich zwingen könnte, nach Lissabon zurückzukehren; daß Marta, Ricardo, alle meine Freunde, all meine Bekannten mir dicht auf den Fersen wären …

Und ein Schauer des Entsetzens jagte mir im Zickzack den Rücken hinunter, als ich in Biarritz einen hochgewachsenen blonden Mann einsteigen sah, in dem ich plötzlich Sergij Warginsky zu erkennen glaubte. Aber als ich genauer hinsah – *als ich ihn das erste Mal wirklich ansah* – mußte ich über mich selbst lächeln: Der Unbekannte hatte mit dem Grafen nur eins gemeinsam, nämlich hochgewachsen und blond zu sein …

Da bestand für mich kein Zweifel mehr: *ich hatte gesiegt*. Ich hatte die monumentale und aristokratische Place de la Concorde überquert, die von Lichtern leise tönte ...

Erneut salbte ich mich mit Europa, erfüllte mich mit seiner bebenden Schwingung, ließ Paris in mir anbranden – *mein Paris*, das Paris meiner dreiundzwanzig Jahre ...

Und so waren die letzten sechs Monate meines Lebens angebrochen ...

Ich führte ein Leben des Alltags, der Banalität, besuchte Cafés, Theater, die großen Restaurants ...

In den ersten Wochen – zuweilen auch später zu der einen oder anderen Stunde – dachte ich noch an meinen Fall, aber nie mehr auf so verbohrte Weise.

Schließlich – so vermutete ich – war alles im Grunde vielleicht viel simpler, als ich es mir vorstellte. Martas *Mysterium*? Nun denn ... Man macht so viele Verrücktheiten ... Es gibt so viele Abenteurerinnen ...

Und es schien mir sogar, ich könnte – wenn ich es denn wollte – in einer großen Anstrengung, mit viel Konzentration die Erklärungen sein lassen und alles vergessen. *Vergessen sein heißt, nicht gewesen sein*. Wenn es mir gelang, diese traurige Episode aus meiner Erinnerung zu tilgen, wäre es genauso, als hätte sie für mich nie existiert. Und genau das war es, worum ich mich bemühte.

Indessen würde mir ein Umstand nie aus dem Kopf gehen, nämlich die unerhörte Nachgiebigkeit Ricardos – *seine Kindlichkeit*. Dann waren also die Dinge bis an den Punkt gelangt, daß seine Frau buchstäblich hinter seinem Rücken ihren Liebhaber aufsuchte? Nun, auch wenn wir sie nicht gesehen hatten, sie mußte uns gewiß gesehen haben, so zerstreut sie auch immer unterwegs war. *Aber nicht einmal das hatte sie abgeschreckt!*

Und Erinnerungen an Kleinigkeiten prasselten auf mich ein, tausend Tatsachen, die auf den ersten Blick unwichtig schienen, tausend bedeutungslose Details, auf die ich erst jetzt aufmerksam wurde.

Sicherlich hatte mein Freund schon lange alles entdeckt; er mußte schon lange von unserer Beziehung gewußt haben ... Es konnte gar nicht anders sein. Es sei denn, er wäre blind gewesen ... Es war erschreckend! ...

War es nicht er selbst gewesen, der mich immer an der Seite seiner Gefährtin haben wollte? Er selbst hatte die Tischordnung geändert unter dem Vorwand eines Luftzuges, der gar nicht existierte, nur damit ich neben Marta zu sitzen kam und sich unsere Beine umschlingen konnten ...

Wenn wir drei ausgingen, blieb ich an ihrer Seite ... Und auf unseren Spazierfahrten mit dem Automobil übernahm Ricardo immer das Steuer, während wir beide uns allein ins Innere des Wagens setzten ... ganz eng einer neben dem anderen ... *Hand in Hand.* Ja, denn sogleich schoben sich unsere Finger ineinander – mechanisch, instinktiv ... Ach, es konnte einfach nicht sein, daß er es nicht bemerkt hatte, wenn er sich, wie so oft, umdrehte, um uns etwas mitzuteilen ...

Aber – wie seltsam! – niemals befürchtete ich in diesen Momenten, daß er unsere Hände sähe; nie hatte es mich beunruhigt, nie hatte ich auch nur im Ansatz versucht, sie zurückzuziehen … Es war, als ob unsere Hände getrennt wären und jeder für sich weit weg vom anderen säße …

Und sollte es tatsächlich genauso mit Sergij gewesen sein? Oh, zweifellos! … *Ricardo schätzte ihn doch so sehr …*

Das Infamste, das Unglaublichste war jedoch, daß *trotz dieses Wissens* seine Freundschaft und seine Aufmerksamkeiten mir und dem Russen gegenüber von Tag zu Tag wuchsen …

Daß er davon wußte und schwieg, da er seine Gefährtin so sehr liebte und sie vor allem nicht verlieren wollte – das konnte man noch verstehen. Aber dann hätte er wenigstens eine edle Haltung zeigen und uns nicht umschmeicheln, uns nicht hätscheln sollen …

Ah, wie mich das alles aufbrachte! Genaugenommen nicht so sehr sein Benehmen, als vielmehr sein Mangel an Stolz. Fehlenden Stolz vermochte ich nie zu entschuldigen. Und ich spürte, daß all meine Freundschaft für Ricardo de Loureiro in diesem Moment angesichts seiner Erbärmlichkeit zerbrach. Seine Erbärmlichkeit! Gerade er hatte mir so oft vollmundig erklärt, daß Stolz die einzige Charaktereigenschaft sei, deren Fehlen für ihn unverzeihlich wäre …

Aber eins muß ich klarstellen: Wenn ich an das ungewöhnliche Verhalten meines Freundes dachte, quälte mich nie die Erinnerung an meine einstigen

Obsessionen. Ich hatte sie vollkommen vergessen. Und hätte ich sie in Erinnerung gerufen, würde ich dem *Mysterium* – sicherlich einem wild zusammengereimten *Mysterium* –, meiner Eifersucht und all dem anderen nicht mehr die geringste Bedeutung beigemessen haben.

Nur manchmal befiel mich eine wehmütige Erinnerung, eine melancholisch gedämpfte Sehnsucht nach all dem, was mich einst bedrückt hatte.

So ist man nun einmal: Die Zeit geht vorbei, und sehnsuchtsvoll denkt man an alles zurück – an Leiden, sogar Schmerzen, Enttäuschungen …

Tatsächlich kann ich noch heute an trüben Nachmittagen die ferne, violette Erinnerung an eine gewisse unentschlossene kleine Person nicht unterdrücken, die nie mein wurde und kaum mein Leben streifte. Einzig deswegen, weil sie mir die Finger küßte; und weil sie eines Tages im Beisein unserer Freunde lächelnd und unmerklich ihren nackten rotgoldenen Arm auf meine Hand legte …

Danach schlüpfte sie sogleich aus meinem Leben, löste sich gleichsam auf, während ich aus Mitleid – wie dumm war ich doch! – sie noch für mich vergolden wollte, in blauer Rührung ob ihrer Liebkosungen …

Und ich litt … sie war so unwichtig, aber ich litt wirklich … ich litt an Zärtlichkeit … einer sehr sanften Zärtlichkeit … einer durchdringenden … aquatischen …

Eigentlich waren meine Gefühle immer nur Zärtlichkeit gewesen …

Wenn in mir jedoch die sanfte Sehnsucht nach meinem einstigen Leiden erwachte, die Sehnsucht nach

Martas nacktem Leib, löste sie sich im selben Augenblick schon wieder auf, sobald mir die erbärmliche Haltung Ricardos in den Sinn kam.

Und ich wurde immer aufgebrachter.

Glücklicherweise war bisher noch kein Brief vom Künstler eingetroffen. Hätte ich einen erhalten, ich hätte ihn nicht einmal geöffnet …

Niemand kannte meine Adresse. Man wußte höchstens infolge gelegentlicher Treffen mit flüchtigen Bekannten, daß ich in Paris weilte.

Ich kaufte keine portugiesischen Zeitungen. Stand im *Matin* eine Meldung aus Lissabon, überlas ich sie; und so triumphierte ich fast im Vergessen, wer ich gewesen war … In der kosmopolitischen Menge untergetaucht, erfand ich mich als jemanden ohne Heimat, Bindungen, ohne Wurzeln auf der ganzen Welt.

Ach, wie glücklich hätte es mich gemacht, wäre ich nirgendwo geboren worden und doch am Leben – das dachte ich sonderbarerweise oft auf meinen einsamen Spaziergängen über die Boulevards, Avenuen und großen Plätze …

Eines Tages blätterte ich wie gewöhnlich in den Galerien des *Odéon* die letzten literarischen Neuheiten durch, als mich ein Buch mit gelbem Einband stutzen ließ, das der klassischen roten Banderole nach eine Neuerscheinung sein mußte … Und vor meinen Augen funkelte in glühenden Lettern der Name Ricardo de Loureiro …

In der Tat: Es handelte sich um eine französische Übersetzung von *Diadema*, die ein waghalsiger Verleger soeben herausgebracht hatte, um der Welt eine neue Literatur zu offenbaren …

An diesem Nachmittag hatte ich zum ersten Mal, seit ich in Paris angekommen war, stundenlang regelrechte Halluzinationen. Ich verlor mich in Gedanken an Ricardo, an sein unwürdiges Verhalten, an seinen untragbaren Mangel an Stolz.

Ich grübelte über all die kleinen Episoden nach, die ich vorher dargelegt habe, stieß auf andere noch bedeutsamere und gefiel mir darin, allen eventuellen Liebhabern Martas auf die Spur kommen zu wollen … Und in meinem Wahn konnte ich mir nichts anderes vorstellen, als daß jeder einzelne dieser Männer, die ich je an ihrer Seite gesehen hatte, auch ihren Körper genossen hatte – *und dies mit dem Wissen des Gatten*: Luis de Monforte, Narciso de Amaral, Raul Vilar … kurz und gut, einfach alle …

Und inmitten von alledem gab es noch Absonderlicheres: In diesen Zorn, in diesen Ekel, in diesen Haß – jawohl, in diesen Haß! – auf Ricardo mischte sich so etwas wie ein unbestimmter Groll, Eifersucht, eine wahrhaftige Eifersucht auf ihn selbst. *Ich beneidete ihn!* Ich beneidete ihn darum, daß *sie* mir gehört hatte … mir, dem russischen Grafen und allen anderen! …

Und diese Empfindung griff so tief, daß mir an diesem Nachmittag blitzschnell die blutrote Idee durch den Kopf schoß, ihn zu ermorden – um meinem Neid Genugtuung zu verschaffen, meiner Eifersucht – *um mich an ihm zu rächen!* …

Aber schließlich fand ich meine Ruhe wieder, und ich hatte für meinen alten Freund nur Ekel, Haß und ein brennendes Verlangen übrig, ihm all seine Würdelosigkeit, seine Erbärmlichkeit ins Gesicht zu spucken, indem ich ihn anbrüllte: »Schau her, wir waren *ihre* Liebhaber … ich und wir alle, hörst du? *Und wir alle wissen, daß du es weißt!* …«

Nachts im Bett, in jener scharfen Klarheit des Halbschlafs, kam mir noch ein verwirrender Gedanke:

»Seine Erbärmlichkeit … sein Mangel an Stolz … Ach, wenn ich mich nun aber täusche … wenn ich mich täusche … wenn es Marta ist, die ihm alles erzählt … wenn er alles weiß, nur weil *sie* es ihm sagt … wenn sie vor allen Geheimnisse hat, nur vor ihm nicht … so wie ich es wollte … wie ich *sie* für mich gern gehabt hätte … in diesem Fall … in diesem Fall …«

Und zugleich – schaudererregend, zusammenhanglos – überkam mich die Erinnerung an das merkwürdige Geständnis, das mir Ricardo eines Nachts gemacht hatte, vor so vielen Jahren … am Ende eines Abendessens … in der Nähe des Bois de Boulogne … im Pavillon … im Pavillon d'Armenonville …

VII

Der Oktober des Jahres 1900 war angebrochen.

Eines Nachmittags auf dem Boulevard des Capucines rief plötzlich jemand meinen Namen und klopfte mir auf die Schulter:

»Na endlich! Genau Sie suche ich doch ...«

Es war Santa-Cruz de Vilalva, der große Impresario.

Er nahm mich am Arm und nötigte mich regelrecht, ihm auf der Terrasse des Café de la Paix Gesellschaft zu leisten. Sogleich begann er wild gestikulierend sein Erstaunen darüber auszudrücken, daß er kein Lebenszeichen von mir erhalten habe, um so mehr, da ich ihm wenige Tage vor meinem Verschwinden noch von meinem neuen Theaterstück gesprochen hatte. Er erzählte mir, daß in Lissabon viele Leute nach mir fragten und daß man mich vage – dank ein paar Portugiesen, die die Weltausstellung besucht hatten – in Paris vermutete. Alles in allem: »Was zum Teufel soll das bedeuten, Mann? Spielen Sie den Nervenkranken nach der letzten Mode? ...«

Wie immer, wenn mir jemand Fragen über meinen Lebensstil stellte, wurde ich ganz verlegen, errötete und stammelte irgendwelche Ausreden.

Der große Impresario unterbrach mich, indem er ausrief:

»Schön und gut. Aber kommen wir vor allem mal zur Sache: Geben Sie mir Ihr Stück.«

Ich hätte es noch nicht abgeschlossen, es stelle mich nicht zufrieden …

Und er: »Ich erwarte Sie heute nacht in meinem Hotel … dort, im *Scribe* … Bringen Sie mir Ihr Werk mit. Ich möchte es heute hören … Wie ist der Titel?«

»A *Chama*.«*

»Ausgezeichnet. Bis nachher … Das erste Stück im April. Letzte Vorstellung im Abonnement. Ich brauche noch einen krönenden Abschluß für meine Spielzeit …«

Auf mich hatte dieses Treffen, mit dem sechs Monate völliger Abgeschiedenheit zu Ende gingen, eine sehr unangenehme Wirkung. Gleichzeitig bedauerte ich es aber – ehrlich gesagt – auch wieder nicht. Immer die Literatur …

Seit ich in Paris angekommen war, hatte ich nicht eine Zeile geschrieben – ja, ich vergaß sogar völlig, was es heißt, Schriftsteller zu sein … Und jetzt wurde ich auf einmal brüsk daran erinnert – die Wertschätzung, die mein Name genoß, stand außer Zweifel; und dann ausgerechnet jemand, den ich als so wenig feinfühlig, so grob, so geschäftsmäßig kannte …

Wie vereinbart las ich am Abend mein Drama vor. Santa-Cruz de Vilalva war hingerissen: »Die Gage ist eingespielt!« – da lege er die Hand ins Feuer. »Ihr bestes Werk«, versicherte er.

* *Die Flamme.*

Ich überließ ihm das Manuskript, aber nur unter folgenden Bedingungen:

Daß ich weder den Proben beiwohnen noch mich um die Rollenverteilung oder irgendwelche Einzelheiten der Inszenierung kümmern müßte. Kurzum, nicht um die geringste Kleinigkeit. Daß ich alles seinem Gutdünken überließe. Ach! und daß er mir vor allem kein einziges Wort über das Thema schreiben dürfe …

Der große Impresario war mit allem einverstanden. Wir sprachen noch ein Weilchen. Und beim Abschied:

»Ehe ich's vergesse«, sagte er, »wissen Sie, wer sich mehrmals nach Ihnen erkundigt hat? Ob ich etwas von Ihnen wüßte … Ihre Adresse? … Ricardo de Loureiro … daß Sie ihm nie mehr geschrieben hätten … Ich führe auch etwas von ihm auf … in Versen … Gute Nacht …«

Ich hatte mein Treffen mit dem Impresario, mein Stück, das alles schon ganz vergessen – war wieder in meinen vorherigen Zustand der Entfremdung eingetaucht –, als mir plötzlich eine neue Idee für den letzten Akt von *A Chama* kam, die sich vollkommen von der ersten Version unterschied, eine wunderschöne, herrliche Idee, die mich begeisterte.

Ich ruhte nicht, bevor ich diesen neuen Aufzug nicht zu Papier gebracht hatte. Und eines Tages konnte ich nicht widerstehen; ich reiste mit dem Manuskript nach Lissabon.

Die Proben hatten kurz vor meiner Ankunft begonnen.

Alle Darsteller umarmten mich herzlich. Und Santa-Cruz de Vilalva bemerkte: »Sieh' an … habe ich es nicht gleich gewußt, daß er es sich nicht verkneifen kann zu kommen! ... Als ob ich Euch Künstler nicht kennen würde ... Alle gleich ...«

Die Proben kamen ausgezeichnet voran. Roberto Davila in der Rolle des Bildhauers würde sicherlich eine seiner schönsten Darbietungen auf der Bühne zeigen.

Zwei Tage verstrichen.

Es war erstaunlich: Ich hatte immer noch nicht von dem neuen Schluß meines Stückes gesprochen, dabei war dies der einzige Grund, weswegen ich beschlossen hatte, all meinen Projekten und *all meinen Absichten zum Trotz* nach Lissabon zurückzukehren.

Am dritten Tag indessen nahm ich all meinen Mut zusammen (das war auch bitter nötig) und teilte dem Impresario mit, was mich von Paris hierhergeführt hatte.

Santa-Cruz de Vilalva bat mich um das Manuskript, ohne mir jedoch zu gestatten, daß ich es ihm vortrug.

Und am nächsten Morgen schrie er mich an:

»Mann, Sie sind wahnsinnig! Die ursprüngliche Version ist ein Meisterstück. Das hier, verzeihen Sie mir ... Kann ich Ihnen offen meine Meinung sagen? ...«

»Natürlich ...«, entgegnete ich, bereits unruhig.

»Blanker Unsinn! ...«

Ein unmäßiger Zorn loderte in mir angesichts der Dummheit des Impresario, seines primitiven Verstandes. Denn wenn ich je in meinen Werken einen Funken Genie hatte aufblitzen sehen, dann war es auf diesen Seiten. Aber ich hatte die Kraft, mich zu beherrschen.

Ich weiß nicht mehr genau, wie es weiterging. Sicher ist, daß alles damit endete, daß die Proben für das Drama abgesetzt wurden, da ich nicht damit einverstanden war, es mit dem ursprünglichen Schlußakt aufzuführen, während das Unternehmen sich schlichtweg weigerte, es nach dem Urteil des Regisseurs und der Hauptdarsteller in der neuen Version zu inszenieren.

Ich brach die Beziehungen mit beiden Seiten ab und verlangte, daß mir alle Kopien des Manuskripts und alle Papiere übergeben würden. Meine Forderung rief Verblüffung hervor – daran erinnere ich mich gut –, vor allem wegen der heftigen Art und Weise, in der sie vorgebracht wurde.

Zu Hause angekommen, warf ich alles – mitsamt dem Originalmanuskript – ins Feuer.

Dies war das Schicksal meines letzten Werkes …

Es vergingen einige Wochen.

Die körperlichen Schmerzen meiner Seele waren wiedergekehrt; aber diesmal waren es ungerechtfertigte Schmerzen – Schmerzen zumindest, deren Herkunft ich nicht kannte.

Seit ich in Lissabon angekommen war, hatte ich natürlich noch keinen meiner Kameraden aufgesucht. Zuweilen schien es mir sogar, als ob die Leute, die ich von früher her kannte, mich mieden. Es waren Literaten, Theaterautoren, Journalisten, die sicherlich dem großen Impresario schmeicheln wollten, von dem sie alle irgendwann auf die eine oder andere Weise abhängig sein würden.

Nur eines erstaunte mich: Ricardo hatte mich auch

nie aufgesucht. Was mir übrigens gleichzeitig höchst plausibel erschien, ganz natürlich sogar: Er hatte zweifellos die Gründe meines Verschwindens begriffen und zog sich deswegen zuvorkommend zurück.

Sein Vorgehen nötigte mir einigen Respekt ab. Im anderen Fall hätte sich zwischen uns eine sehr unangenehme Szene abgespielt. Auge in Auge mit ihm hätte ich es nicht fertiggebracht, meine Beleidigungen zu unterdrücken.

Die Sache mit A *Chama* hatte mich zutiefst verstimmt. Mich erfüllte großer Abscheu gegenüber allem, was die Kunst in ihrem kommerziellen Aspekt betraf. Denn nur der *Markt* hatte die neue Version meines Stückes zum Tode verurteilt: Statt wie die erste Version ein rein theatralisches Machwerk von eingängiger, jedoch schlichter Handlung zu sein, war der neue Akt tief und beunruhigend; er zerriß Schleier über dem Jenseits.

In höchstem Lebensüberdruß begann ich ganze Tage durch die Straßen der Stadt zu vagabundieren, ziellos und vorzugsweise durch entlegene Viertel …

Ich erinnere mich, wie ich Alleen entlangging, in Querstraßen einbog, gierig, fast im Laufschritt, wie jemand, der vergeblich nach einer Person sucht, der er sehr gern begegnen würde – manchmal stellte ich diesen Vergleich an, ich weiß nicht warum.

Meistens ging ich frühabends fiebrig, erschöpft und betäubt nach Hause und verfiel in einen bleiernen Schlaf bis zum Morgen … um wieder von neuem rastlos umherzuschweifen …

Ein merkwürdiger Umstand: Während dieser ganzen Zeit dachte ich nie daran, nach Paris zurückzukehren und wieder zu meiner ruhigen Seeleneinsamkeit zu finden. Nicht weil mir diese Lebensweise unangenehm erschienen wäre. Es ist lediglich so, daß mir dieser Ausweg nicht in den Sinn kam …

Eines Morgens sah ich plötzlich jemanden die Straße überqueren und mir entgegenkommen …

Ich wollte fliehen. Doch ich blieb wie angewurzelt stehen. Ricardo, kein anderer, stand vor mir …

Mir fallen die ersten Worte, die wir wechselten – gewiß, weil sie so banal waren –, nicht mehr ein. Sicherlich erzählte mir der Dichter von dem Entsetzen, das mein Verschwinden ihm verursacht hatte, und ebenso mein gegenwärtiges Verhalten.

Ganz gleich, wie es war, er hatte jedenfalls in einem Ton großer Traurigkeit zu mir gesprochen, und seine ganze Gestalt drückte aufrichtigen Kummer aus. Möglicherweise waren seine Augen sogar tränenfeucht, als er mir das alles offenbarte.

Ich meinerseits war noch zu keinem Gedanken fähig gewesen, seit ich ihm gegenüberstand; mich betäubte ein dichter Nebelschleier – so wie an jenem letzten Nachmittag, den ich mit meinem Freund verbracht hatte.

Schweigend hörte ich mir seine Klagen an, bis ich mich mit einem Mal – befreit, aufgewacht – nicht mehr zu beherrschen wußte, so wie ich befürchtet hatte, und anhob, ihm meinen ganzen Haß ins Gesicht zu brüllen: meinen Zorn, meinen Ekel …

Sein schmerzerfüllter Ausdruck wich nicht mit meinen Worten – der Künstler schien nicht einmal überrascht zu sein, als hätte ich ihm die natürlichste Antwort gegeben auf das, was er erzählt hatte. Nur daß jetzt kein Zweifel mehr darüber bestand, daß ihm die Tränen herunterrannen; *aber der Schmerz, der sie hervorrief, hatte sich im Vergleich zu vorher nicht verändert.*

Und ich schloß: »... Mir stand der Dreck bis zum Halse ... Deswegen bin ich geflohen ... wegen dieser Schande ... Hörst du? Hörst du!?«

Da begann er am ganzen Körper heftig zu zittern. Ein Schatten verdunkelte sein Gesicht ...

Er zögerte einen Augenblick und sprach schließlich mit einer sehr merkwürdigen, verlöschenden, feuchten Stimme – so eigenartig, daß sie nicht einmal aus seiner Kehle zu kommen schien:

»Ach! Wie sehr du dich irrst ... Mein armer Freund! Mein armer Freund! ... Wie berauschte ich mich doch an meinem Triumph ... Niemals habe ich daran gedacht, daß die anderen es nicht verstehen würden ... Hör mir zu! Hör mir zu! ... *Oh! Du mußt mir zuhören! ...*«

Willenlos, leer, schweigend begleitete ich ihn, wie von Gold- und Feuerfäden gezogen, während er sich rechtfertigte:

»Ja! Marta war deine Geliebte, und nicht allein deine ... Aber ich *mußte nie in Erfahrung bringen*, wer ihre Liebhaber waren. Sie selbst war es, die es mir immer sagte ... *Ich selbst war es, der sie immer auswählte!*

Ja! Ja! Es war ein großer Triumph für mich, Marta begegnet zu sein! ... Denn erinnerst du dich nicht mehr, Lucio, an das Martyrium meines Lebens? Hast du es vergessen? ... Ich konnte niemandes Freund sein ... Ich konnte keine Zuneigung empfinden ... Alles in mir hallte von Zärtlichkeit wider ... Ich konnte nur Zärtlichkeit erahnen ... Und in Gegenwart von jemandem, der dies fühlte, kam mir der Wunsch nach Liebkosungen, nach Besitz – um meine zärtlichen Stimmungen *zu befriedigen*, um meine Freundschaften vollkommen zu machen ...«

Ein Blitz feuerblonden Lichts blendete mir die Seele.

Der Künstler fuhr fort:

»Oh, wie ich litt ... wie ich litt! ... Du schenktest mir große Zuneigung; ich wollte in dieser Zuneigung mitschwingen – das heißt, sie erwidern, und es war mir unmöglich! ... Nur wenn ich dich geküßt, umschlungen, besessen hätte ... Ach! Aber wie soll man ein Geschöpf des eigenen Geschlechts *besitzen*? ...

Verwüstung! Verwüstung! Ich sah deine Freundschaft, ich sah sie ganz klar, und es gelang mir nicht, sie zu fühlen! ... Alles bestand aus falschem Gold ...

Doch eines Nachts endlich, in einer phantastischen weißen Nacht, triumphierte ich! Ich fand sie ... ja, *ich schuf sie! ich schuf sie* ... Sie ist ganz mein, begreifst du? Sie ist ganz mein! Wir verstehen uns so vollkommen, daß Marta mir wie meine eigene Seele vorkommt. Wir denken auf dieselbe Art; wir fühlen in gleicher Weise. *Wir sind wir-beide* ... Ach! und seit jener Nacht verstand ich es, ich hatte den Triumph, deine Zuneigung in mir vibrieren zu lassen – sie zu erwidern: Ich befahl ihr, die deine zu sein! *Aber wenn sie dich umarmte, war ich es selbst, der dich umarmte* ... Ich tat meiner Zärtlichkeit Genüge: Ich siegte! Und wenn ich sie besaß, fühlte ich – *hatte ich mit ihr* – die Freundschaft, die ich dir hätte geben müssen – genau wie andere Menschen auch, die ihre Neigungen seelisch fühlen. In dem Augenblick, in dem ich sie fand, hörst du? war es, als ob sich meine Seele, indem sie ein Geschlecht annahm, materialisiert hätte. *Und nur mit der Seele besaß ich dich, körperlich!* Darin lag mein Triumph … ein unvergleichlicher Triumph! Herrliches Geheimnis! …«

»Und jetzt leide ich wieder … leide ich bis zum Zerreißen …

Du hast mich für so schlecht gehalten … Du hast dich geekelt … Du hast ›Schande‹ und ›Erbärmlichkeit‹ geschrien …während mein Stolz mit jeder Morgenröte höher stieg! … Du bist davongelaufen … Und wahrhaftig, du tatest dies aus Eifersucht … Du warst mein einziger Freund (du warst der erste, der beste), aber auch für einen anderen ahnte ich Zärtlichkeit … So befahl ich *ihr*, diesen anderen zu küssen … Warginsky, du hast recht, Warginsky … Ich hielt ihn für einen wahren Freund … Er schien mir so aufrichtig … so echt … *so sehr der Zuneigung würdig* … Und er betrog mich … betrog mich …«

Sprachlos und wie hypnotisiert hörte ich dem Dichter zu – von Entsetzen gelähmt, ohne auch nur ein einziges Wort hervorbringen zu können …

Sein Schmerz war überaus real, seine Reue wahrhaft aufrichtig; und ich bemerkte, wie sich seine Stimme veränderte, klarer wurde, als er auf den russischen Grafen zu sprechen kam, um sich gleich wieder zu verschleiern, als er sagte:

»Was sind denn die anderen wert im Vergleich mit der Freundschaft zu dir? Nichts! Nichts! ... Glaubst du mir nicht? ... Ach! Aber du mußt mir glauben ... du mußt mich verstehen ... Komm! ... Sie ist ganz mein! Für deine Zuneigung würde ich alles hingeben – *selbst mein Geheimnis*. Komm! ...«

Da erfaßte mich ein Schwindel ...

Er packte mich heftig am Arm ... und zog mich mit sich fort ...

Schließlich gelangten wir vor sein Haus. Wir traten ein ... sprangen die Treppe in einem Satz hoch ...

Als wir die Diele im ersten Stock durchquerten, fiel mir ein bedeutungsloses Detail auf, das ich – wer weiß warum – nie vergessen sollte: Auf dem Möbel, wo die Dienstboten für gewöhnlich die Korrespondenz ablegten, befand sich ein Brief ... Es war ein großer Umschlag, dem ein goldenes Wappen aufgedruckt war ...

Es ist merkwürdig, daß ich in einer entscheidenden Minute wie dieser solche Kleinigkeiten bemerken konnte. Aber tatsächlich tanzte mir das goldene Wappen wie ein Wahnbild vor den Augen. Allerdings konnte ich die Konturen nicht genau erkennen – ich sah nur, daß es ein goldenes Wappen war, und zugleich – das war das Seltsamste – *schien mir, daß ich selbst einmal einen solchen Umschlag erhalten hatte*.

Obgleich mein Freund vollkommen im Bann seiner großen Erregung stand, öffnete er den Brief, überflog ihn, zerknüllte ihn gleich und schleuderte ihn zu Boden …

Danach packte er mich noch heftiger am Arm.

Um mich herum schwankte alles … Ich fühlte mich von einem Wirbel durchbraust, der Seele und Körper aufzulösen drohte …

Ich befürchtete, in die Hände eines Wahnsinnigen gefallen zu sein …

Und in einer noch verschleierteren, noch sonderbareren, noch verstellteren Stimme – mehr denn je schien sie aus einer anderen Kehle zu kommen – rief mir Ricardo delirierend zu:

»Da wollen wir mal sehen! … Es ist höchste Zeit, die Hirngespinste zu verscheuchen … Sie ist ganz dein! Und nur dein … das kannst du mir glauben! … Ich wiederhole es dir: Es war, als ob sich meine Seele, indem sie ein Geschlecht annahm, materialisiert hätte, um dich zu besitzen … Sie ist ganz mein! Ganz mein! Nur für dich habe ich nach ihr gesucht … Aber ich werde es nicht zulassen, daß sie uns trennt … Du wirst sehen … Du wirst sehen! …«

Und mitten unter diesen unzusammenhängenden, *unsagbaren* Sätzen zog er mich hastig und wie von Sinnen mit sich fort in die Gemächer seiner Gattin, die im zweiten Stock lagen.

(Sonderbares Detail: In jenem Augenblick hatte ich nicht das Gefühl, daß die Worte, die er mir sagte, *unsagbar* waren; ich hielt sie lediglich für den Ausdruck höchster Qual …)

Wir waren angelangt. Ricardo stieß die Tür brutal

auf … Am anderen Ende des Raumes stand Marta am Fenster und blätterte in einem Buch …

Die Unglückliche hatte kaum Zeit, sich umzudrehen … Ricardo zog einen Revolver, den er in der Jackentasche verborgen trug, und bevor ich überhaupt nur den Ansatz einer Geste oder gar eine Bewegung machen konnte, drückte er schon ab, ihr direkt gegenüber …

Marta sank leblos zu Boden … Ich rührte den Fuß nicht von der Schwelle …

Und dann trat das Mysteriöse ein … das Mysterium, der phantastische Wahnsinn meines Lebens …

Was für ein Wunder! Welche Schwäche, welche Ohnmacht! *Wer da hingestreckt beim Fenster lag, war nicht Marta – nein! – es war mein Freund, es war Ricardo … Und zu meinen Füßen – ja, zu meinen Füßen! – lag sein noch rauchender Revolver!* …

Marta war verschwunden, hatte sich lautlos verflüchtigt, so wie eine Flamme erlischt …

Entsetzt stieß ich einen lauten Schrei aus – einen gellenden, zerreißenden Schrei – und besessen von Angst, mit herausquellenden Augen und gesträubtem Haar raste ich wie ein Verrückter … durch die Korridore und Salons … die Treppen hinunter …

Doch die Dienstboten eilten herbei …

… Als ich wieder zu Bewußtsein kam, als ich wieder zwei Gedanken zusammenfügen konnte, kurzum: als ich aus diesem wahnhaften, höllischen Alptraum erwachte, der nichts anderes gewesen war als die Realität, *die unglaubliche Realität* – fand ich mich eingesperrt im Gefängnis der Zivilregierung wieder, mit einem Wärter, der mich nie aus den Augen ließ …

VIII

Es bleibt nicht mehr viel zu sagen. Mein Geständnis könnte schon an dieser Stelle abbrechen. Indessen werde ich noch einige Worte hinzufügen.

Es ist angebracht, über den Prozeß schnell hinwegzugehen. Er bot nichts, was der Mühe wert wäre dargelegt zu werden. Ich für meinen Teil versuchte nicht im mindesten, das Verbrechen zu erklären, dessen ich angeklagt war. Mit dem Unwahrscheinlichen kann sich niemand verteidigen. Deswegen schwieg ich.

Das Plädoyer meines Anwalts, absolut brillant. Er muß gesagt haben, daß die eigentlich Schuldige an meinem Verbrechen Marta gewesen sei, die übrigens verschwunden war und nach der die Polizei, wenn ich mich recht entsinne, vergeblich suchte.

In meinem Fall wiesen sicherlich alle Anzeichen auf ein Verbrechen aus Leidenschaft hin. Meine undurchdringliche Haltung war romanreif. So schwebte über allem eine ungewisse Aura des Mysteriösen. Daher die Milde des Schwurgerichts.

Indessen muß ich erklären, daß ich an meinen Prozeß nur eine sehr ungenaue Erinnerung habe. Mein Leben war völlig zusammengebrochen in dem Augenblick, da mir Ricardos Revolver zu Füßen fiel. Angesichts eines so unfaßbaren Geheimnisses vergrub ich mich. Was sollte mir also das, was an der Oberfläche wirbelte, anhaben? … Das Gefängnis erschien mir nunmehr als eine Rast, *ein Ende* …

Daher sah ich die langen, lästigen Stunden, die ich im Gericht verbrachte, nur in einem Nebel – wie ineinandergeschoben und *wie versetzt an einen anderen Schauplatz, an dem sich solche Vorgänge eigentlich nicht abspielen sollten* …

Meine ›Freunde‹ waren nicht erschienen, wie das bei solchen Gelegenheiten der Fall zu sein pflegt: weder Luis de Monforte – der so oft seine Freundschaft beteuert hatte – noch Narciso de Amaral, an dessen Zuneigung ich auch geglaubt hatte. Mit einem Wort, keiner von ihnen besuchte mich im Laufe meines Prozesses, um mir *Mut zuzusprechen*. Im übrigen könnte mir niemals jemand *Mut zusprechen*.

In meinem Anwalt hatte ich jedoch einen wahren Freund gefunden. Sein Name ist mir entfallen; ich erinnere mich nur, daß er noch jung war und daß seine Physiognomie eine bemerkenswerte Ähnlichkeit mit der von Luis de Monforte aufwies.

Später, in den Gerichtssitzungen, sollte ich auch beobachten, daß der Richter, der mich verhörte, ein bißchen dem Arzt glich, der mich vor acht Jahren behandelt hatte, als mich ein Nervenfieber bis an den Rand des Todes gebracht hatte.

Es ist seltsam, auch wenn man es fertigbringt, sich geistig einer kritischen Situation vollkommen zu entfremden, hört man trotzdem nicht auf, kleine Details wie diese zu bemerken …

Meine zehn Jahre Gefängnis gingen schnell vorüber, ich erwähnte es bereits. Im übrigen war das Leben in dem Gefängnis, wo ich meine Strafe abbüßte, nicht das härteste. Die Monate zogen gelassen und gleichförmig dahin.

Wir hatten einen weitläufigen Hof, in dem wir zu bestimmten Uhrzeiten spazierengehen konnten – immer unter der Aufsicht der Wärter, die sich unter uns mischten und zuweilen sogar das Wort an uns richteten.

Der Hof endete an einer großen Mauer, einer hohen Wand, die an eine breite Straße grenzte – oder besser gesagt an eine Art Platz, wo sich mehrere Straßen kreuzten. Gegenüber – ein Detail, das sich mir ins Gedächtnis grub – sah man eine gelbe Kaserne (oder vielleicht ein weiteres Gefängnis).

Das größte Vergnügen einiger Häftlinge war es, sich über den Rand der Mauer zu beugen und auf die Straße zu schauen, das heißt: auf das Leben. Aber sobald die Wärter dies entdeckten, stießen sie sie sogleich brutal zurück.

Ich näherte mich selten der Mauer, selbst wenn einer der anderen Gefangenen mich beharrlich anlockte und große geheimnisvolle Gesten dazu machte; denn nichts von dem, was es auf der anderen Seite gab, konnte mich interessieren.

Ja, ich konnte sogar nie einen harschen Schauer des Entsetzens unterdrücken, wenn ich mich über diese Mauer beugte und sie aus der großen Höhe geschwärzt, gepustelt, abgeblättert und mit nur noch wenigen Spuren ihrer alten gelben Farbe in der Tiefe verschwimmen sah.

Ich hatte nie Grund, mich über die Wärter zu beklagen wie einige meiner Kameraden, die mir flüsternd von den Mißhandlungen erzählten, deren Opfer sie waren.

Tatsächlich waren zuweilen plötzlich von weitem seltsame Schreie zu hören – bald heiser, bald durchdringend. Eines Tages sagte mir ein inhaftierter Mulatte – sicherlich ein Schwindler –, daß er unbarmherzig ausgepeitscht worden war – mit Hieben, *so kalt wie Eiswasser*, wie er in seiner zerlumpten Sprache hinzufügte …

Im übrigen gab ich mich nur mit wenigen der Mitgefangenen ab. Es handelte sich – wie leicht zu erkennen war – um wenig empfehlenswerte Kreaturen ohne Bildung und Kultur, die zweifellos aus den Niederungen des Lasters und des Verbrechens stammten.

Nur während der Zeiten des Ausgangs im großen Hof unterhielt ich mich gerne mit einem blonden, hochgewachsenen, distinguierten und stolzen Jüngling. Er gestand mir, daß er ebenfalls einen Mord abbüßte. Er hatte seine Geliebte getötet, eine berühmte französische Sängerin, die mit ihm nach Lissabon gekommen war.

Für ihn war wie für mich das Leben stehengeblieben – auch er hatte den *Gipfelpunkt* erlebt, den ich bereits in meiner Vorbemerkung erwähnt habe. Wir sprachen oft von diesen erhabenen Augenblicken, und er dachte dann über die Möglichkeit nach, wie diese schönsten Stunden unseres Lebens festzuhalten und *aufzubewahren* wären – diese von Liebe und Qual vergoldeten Stunden –, um sie so immer wieder betrachten zu können, sie neu zu erfühlen. Er hatte mir erzählt, daß dies seine größte Sorge im Leben gewesen war – *seine Lebenskunst* …

Wenn ich ihm so zuhörte, erwachte in mir der Schriftsteller. Welch faszinierende Seiten könnte man nicht über dies verstörende Thema schreiben.

Doch nun möchte ich mich nicht weiter über mein Leben im Gefängnis auslassen, das für andere nicht von Interesse sein kann, ja nicht einmal für mich selbst.

Die Jahre flogen dahin. Dank meiner Gelassenheit, meiner Fügsamkeit behandelten mich alle mit größtem Mitgefühl und betrachteten mich mit Sympathie. Selbst die Direktoren, die uns oft in ihre Büros riefen oder uns aufsuchten, um sich mit uns zu unterhalten und Fragen zu stellen –, brachten mir die größte Achtung entgegen.

… Bis der Tag kam, an dem meine Strafe zu Ende war und sich mir die Gefängnistore öffneten …

Tot, ohne mich auch nur einen Augenblick umzublicken, zog ich mich sogleich in dieses einsame und verlorene Landhaus zurück, von wo ich mich nie mehr fortrühren werde.

Ich bin ruhig – ohne Verlangen, ohne Hoffnung. Die Zukunft beunruhigt mich nicht. Meine Vergangenheit erscheint mir, wenn ich sie Revue passieren lasse, wie die Vergangenheit eines anderen. *Es gibt mich noch, aber ich gehöre mir nicht.* Bis zum echten Tod bleibt mir nichts anderes zu tun als die Stunden zu betrachten, wie sie sich vor meinen Augen unmerklich davonstehlen … *Der echte Tod* – das ist nur ein dichterer Schlaf …

Doch bevor es so weit ist, wollte ich es nicht versäumen, aufrichtig und in größter Schlichtheit mein seltsames Abenteuer niederzuschreiben. Es beweist, daß Umstände, die uns glasklar erscheinen, oft die verworrensten sind; es beweist, daß ein Unschuldiger sich oft nicht verteidigen kann, weil seine Rechtfertigung nicht glaubhaft ist – und *trotzdem wahr*.

So mußte ich, damit man mir Glauben schenke, erst schweigend zehn Jahre lang ein Verbrechen abbüßen, das ich nicht beging …

So ist das Leben …

1.–27. September 1913 – Lissabon

Sterben, Tanzen und Schreiben

Nachwort von Orlando Grossegesse

Den »Affen Goethes«, so hatte man Jakob Michael Reinhold Lenz genannt. Über ein Jahrhundert später begab sich Mário de Sá-Carneiro (* 19. Mai 1890, Lissabon) in eine vergleichbare Abhängigkeit zu seinem Seelenfreund und Meister Fernando Pessoa, dessen Genie er vergötterte. Dabei war Pessoa kaum zwei Jahre älter. Unter den Fittichen dieses Über-Vaters, der dank seiner Heteronyme später zum bedeutendsten modernen Dichter Portugals aufsteigen sollte, entwickelte sich der 22jährige Sá-Carneiro vom Theater- und Prosaschriftsteller zum Lyriker. Er, der aus dem Bannkreis von dekadenter Ästhetik und Symbolismus kam, wurde 1913 zum treuen Apostel von Pessoas *Interseccionismo:* einer Bewegung parallel zu Kubismus und Futurismus, die sich die Zersplitterung der Realität, die Betonung des Zeitfaktors in der Kunst – Bewegung und Geschwindigkeit – auf die Fahnen schrieb. Begeistert von der Vision eines avantgardistischen Aufbruchs in Portugal schloß sich Sá-Carneiro mit Pessoa der *Orpheu*-Gruppe an, zu der übrigens auch der vielseitige Künstler Almada Negreiros gehörte (vgl. Umschlagbild). Das Projekt der Zeitschrift *Orpheu* (1915), das Sá-Carneiro mit dem Geld des Vaters finanzierte, scheiterte jedoch rasch am Entzug dieser ökonomischen Basis. Hin- und hergerissen zwischen dem heimatlichen, aber provinziell-schläfrigen Lissabon am Rande Europas und der berauschenden Modernität der Metropole Paris, scheiterte Sá-Carneiro schließlich auch selbst, aufgerieben zwischen hochfliegenden narzißtischen Wunschträumen künstlerisch und persönlich erfüllten Lebens und seiner immer ärmlicheren Existenz am Rande einer Pariser *Demi-Monde*, deren so faszinierende Vitalität sich durch den bedrohlich nahen Krieg verdüsterte. Nach wiederholten Krisen und drei mißglückten Versuchen gelang ihm schließlich am 24. April 1916 der Selbstmord. Qualvoll verendete der 26jährige auf seinem Zimmer im Hotel *Nice* (heute *Ninon*), nachdem er fünf Fläschchen Strychnin eingenommen hatte. Ähnlich wie im Falle des jungen J. M. R. Lenz und Goethe wurde Sá-Carneiro gleichsam als rasch verglühende Sternschnuppe vom Fixstern Pessoa (und seiner posthum entdeckten Galaxie der Heteronyme) überstrahlt. Andererseits ging von jenem Suizid eine besondere, geradezu nekrophile Faszination aus. Man glaubte stets, man müsse seine Schriften durch den Selbstmord oder den Selbstmord durch die Schrift erklären.

Fernando Pessoa, der durch den so lange angekündigten und endlich vollzogenen Freitod selbst eine »enorme intellektuelle Krise« erlitt (Brief an A. Côrtes-Rodrigues), begründete zugleich die naheliegende psychoanalytische Deutung, die fast jede Lektüre Sá-Carneiros auch unausgesprochen bestimmt. In einem Brief an J. G. Simões schreibt Pessoa, der frühkindliche Liebesentzug (die Mutter starb, als Mário de Sá-Carneiro gerade erst zweieinhalb Jahre alt war) hätte einerseits zu unmenschlicher Härte und andererseits zu exzessivem Selbstmitleid in seinen Texten geführt. Seitdem hat es nicht an Stimmen gefehlt, die Sá-Carneiro und sein Werk mit den Mythen von Narziß, Pygmalion und vor allem Ikarus (D. Mourão-Ferreira) in Verbindung brachten. Das halbverwaiste Einzelkind wurde vom Vater, einem weltgewandten Ingenieur mit Militärkarriere, auf zahlreichen Reisen durch Europa mitgenommen, gleichzeitig mit Süßigkeiten und französischer Literatur vollgestopft; das Leben war für ihn somit frei von jeglicher materieller Not, aber auch unstet und unbehaust, da er familiäre Geborgenheit schmerzlich vermißte. Schon die lyrischen, dramatischen und erzählerischen Versuche des Heranwachsenden zeigen, wie vertraut ihm der Gedanke an Tod und Suizid war. Rasch taucht Sá-Carneiro selbstverliebt in die romantische Rolle des Unverstandenen ein, der sich über künstlerische Betätigung einer anderen Welt versichert. So hebt ihn das Schreiben über die Beschränktheit bürgerlicher Gesellschaft und die Banalität des Alltäglichen hinweg, bringt ihn aber auch gefährlich dem Tode nahe als dem einzig dauerhaften Ausweg aus der Kluft zwischen Traum und Wirklichkeit, die sein Bewußtsein beherrscht. Die Zeit anzuhalten, um den euphorischen Moment, in dem künstlerische Schöpfung Wirklichkeit wird, für immer wollüstig wie einen zugleich seelischen und körperlichen Liebesakt auszukosten, dies sollte bald zum zentralen Motiv und Movens seines Schreibens werden. Es wird erstmals in Erzählungen entfaltet, die 1912 unter dem Titel *Princípio* (*Anfang*) gesammelt erschienen. Darunter erreichen die Texte *Loucura …* (*Wahnsinn …*) und *O Incesto* eigentlich das Format kleiner

Romane. Sie wurden im Abstand von zwei Jahren verfaßt (Mai–Juni 1910; April–Juni 1912). Dazwischen erlitt Sá-Carneiro den Selbstmord eines anderen: Sein Lieblingsfreund aus der Gymnasialzeit, Tomás Cabreira Júnior, mit dem zusammen er 1910 das Stück *Amizade* (*Freundschaft*) geschrieben hatte, erschoß sich im Januar 1911 im Schulhof vor den entsetzten Augen von Lehrern und Mitschülern.

Beide Texte, *Loucura …* und *O Incesto*, weisen sowohl thematisch als auch erzählerisch auf *Lucios Geständnis* voraus: Im ersten geht es um den verwaisten, bindungslosen, eigenbrötlerischen und exzentrischen Bildhauer Raul Vilar, der sich in die bezaubernde Marcela verliebt. Bald beherrscht ihn die obsessive Idee, die Jugend perfekter körperlicher Liebe festzuhalten – im gemeinsamen Liebestod wie auch in der Verwandlung Marcelas in eine ›lebende Statue‹: In einer letzten perversen Wendung möchte Raul den Tod des schönen Körpers vorwegnehmen, »um der Seele mehr Leben zu geben«. Doch als er das korrosive Vitriol über Marcelas Leib ausschütten will, entflieht sie ihm. Daraufhin leert er selbst das Fläschchen und stirbt qualvoll, innerlich verbrannt. Dieser Suizid ist der Ausgangspunkt der Nekrolog-Erzählung aus der Perspektive des besten und einzigen Freundes, der als Schriftsteller den verstorbenen Bildhauer im erträumten gemeinsamen Schöpfungsprogramm komplementiert: »Die Bildhauerei macht Körper: Ich mache Körper. Die Literatur macht Seelen: Du machst Seelen. Wenn wir unsere zwei Künste vereinen könnten, würden wir Leben machen. Glücklicherweise ist das unmöglich …«

Vermählung von Leben und Kunst, von Weiblichkeit und Tod, die Suche nach umfassender sinnlicher Erfahrung absoluter Schönheit, in der sich Körper und Seele vereinen, und der utopische Versuch, diese Erfahrung zu sichern, diese Elemente kennzeichnen die todesverliebte oder zu Tode liebende Haltung des Künstlers in Sá-Carneiros Texten. Erzählt wird immer wieder aus einer postumen Zeugenperspektive, die auch *Lucios Geständnis* charakterisiert: Man spricht entweder über den *anderen* Verstorbenen, mit dem man (zum Verwechseln) eng zusammenlebte, oder aber über sich selbst als bereits Verstorbenen, als Un-Toten, wie dies bereits in O *Incesto* der Fall ist. Dort ist es der Autor Luis de Monforte, der sich ›im Leben‹ zweimal tötet: Zuerst, als ihn die blonde *femme fatale* verläßt; danach, als die Schwindsucht auch die engelhafte Tochter Leonor dahinrafft, um derentwillen er sich noch ans Leben geklammert hatte. »Und da man schon gestorben ist, spielt es keine Rolle mehr, ob man noch am Leben ist.« Doch der mittlerweile vierzigjährige »Untote« wird erneut erweckt durch die bezaubernde blonde Dänin Magda, die seiner Tochter zum Verwechseln ähnlich ist und an der er seine bisher zurückgehaltenen, weil inzestuösen Begierden auslebt. Als er sich seiner chimärischen Selbsttäuschung bitter bewußt wird, bringt er es nicht fertig, die Frau zu töten, und endet statt dessen im tatsächlichen Suizid.

All diese Literarisierungen der Identitäts- und Künstlerproblematik schöpfen natürlich aus dem Erbe mehr oder weniger schwarzer Romantik, sind angeregt durch Edgar Allan Poe, angesteckt durch das *Fin de Siècle*-Klima antibürgerlichen Dandytums, Dekadenz und »Nervenkunst« (M.Worbs). Es ist bekannt, daß um die Jahrhundertwende die psychiatrische Forschung florierte. Ebenso wie die entstehende Psychoanalyse weisen Hysterie-Studien die in der Romantik beliebten Persönlichkeitsspaltungen als neue ›Realität‹ aus. Auch *Lucios Geständnis* gibt sich als reines Dokument aus. Dieser ›Zeitgeist‹ und die persönliche Disposition Sá-Carneiros gehen somit in der Literatur eine fruchtbare Symbiose ein. Seine Texte hätten in dieser generellen Strömung allerdings wohl kaum eine besondere Leistung bedeutet, wären nicht bestimmte Umstände eingetreten: Sá-Carneiros bereits erwähnter Kontakt mit avantgardistischer Ästhetik, gleichzeitig mit dem Erlebnis moderner Urbanität, was beides zu literarischer Innovation reizte; dazu seine Freundschaft mit Fernando Pessoa, die in ihm einen Kreationsschub, ja überhaupt seine poetische Produktivität auslöste. Beredtes Zeugnis dieser Umstände ist die umfangreiche Korrespondenz des jungen Schriftstellers aus Paris an den Buchhalter Pessoa, in dem nur Eingeweihte – und mit ihnen Sá-Carneiro – den künftigen Meister ahnten. Von jenem sind nur spärliche Antwortbriefe erhalten. Nach M. J. de Lencastre deutet alles auf ein Abhängigkeitsverhältnis hin. Die Briefe (zuweilen zwei am selben Tag) ließen sich als Patienten-Anteil eines quasi-freudschen Analysegesprächs mit Pessoa begreifen, würde das Medium der Schrift nicht zugleich auch zu distanzierter oder gar fiktionalisierender Selbstdarstellung einladen. Die beiden hatten sich wohl im Jahre 1912 in Lissabon kennengelernt, dem Jahr, als Sá-Carneiro nach Paris aufbrach: Er hatte seinen Vater nach einem Studienabbruch in Coimbra davon überzeugen können, ihm nun an der Sorbonne ein Jurastudium zu finanzieren. Doch bereits nach den ersten Monaten verließ er die Seminare und führte fortan ein Bohème-Leben. So begann im Oktober 1912 seine erste achtmonatige Paris-Erfahrung, der zwei weitere folgen sollten, eine wegen des Krieges abgebrochene von Juni bis Anfang September 1914, und die letzte nach dem Scheitern des *Orpheu*-Projekts von Juli 1915 bis zum Selbstmord am 26. April 1916.

Briefe und literarische Fiktion stehen in einem engen, fließenden Zusammenhang der Selbstdarstellung. Unschwer wird man in *Lucios Geständnis* Sá-Carneiro wiedererkennen, wenn der gescheiterte Jurastudent und angehende Schriftsteller dem Rausch der *Grande Capitale* verfällt. Ist der erste Gefährte Gervasio Vila-Nova eindeutig auf den avantgardistischen Maler Guilherme de Santa-Rita Pintor zu beziehen (siehe Anmerkung S. 17), so trägt Ricardo de Loureiro keinerlei Merkmale Pessoas – wie man spekulieren könnte –, sondern weist vielmehr wiederum auf Sá-Carneiro zurück, insbesondere was das Körpergefühl betrifft: Überzeugt von seiner eigenen Häßlichkeit, doch nach sinnlich-erotischer Erfahrung lechzend, versagt sich das Ich sexuelle Erfüllung *mit dem anderen*, gleichgültig welchen Geschlechts. Hierin konzentriert sich die narzißtische Haltung, die sich in der späteren Benennung »fette Sphinx« im Gedicht *Aqueloutro* (*Jener andere*) selbstspöttisch spiegelt. Dabei gewinnt die Literatur einen Doppel-Charakter: Sie ersetzt und kompensiert gleichsam das Ungelebte und erlaubt die Verewigung des wollüstig imaginierten Lebens voll kindlicher Phantasie und Luxus – gerade über die Schrift. *Lucios Geständ-*

nis inszeniert am raffiniertesten das selbstmitleidige Abtöten des Ichs im gespiegelten, fiktionalisierten Anderen und in der *femme fatale*, die man auch sein will. Bezeichnenderweise wird Ricardo de Loureiro als unsinnlicher Autor sinnlicher Texte präsentiert; und *Lucios Geständnis* strotzt von Sinnlichkeit, während Sá-Carneiro Lebenszeugnissen und Zeitzeugen zufolge keinerlei sexuelle Beziehungen hatte – bis auf jene fatale mit einem Revuegirl der *Folies Bergères* namens Lili. Wenige Tage später beging er Selbstmord.

Ohne den Grad der Literarisierung einer Künstlerexistenz bestimmen zu wollen, erfüllt sich hierin zweifellos biographisch das selbst vorbestimmte Schicksal einer Junggesellenmaschine (*machine célibataire*), die auto-sexuell nach gottgleicher Ewigkeit strebt, aber durch den weiblichen Todesmechanismus kaputtgeht.* Sá-Carneiro birgt narzißtisch und sphinxhaft die *femme fatale* in sich, pflegt bewußt jenen Fetischismus der Maniküre, der ihm schon seit seiner Gymnasiastenzeit zur Angewohnheit wurde. 1914 bekennt er in einem Brief an Pessoa: »Mein Werk repräsentiert das, was ich physisch sein wollte: jenes sonderbare Mädchen mit geschliffenen Fingernägeln, eine Verrückte und eine Millionärin ...«. Wird denn schon die alte romantische Denkfigur vom Leben als Roman und Roman als Leben wachgerufen, dann könnte doch jene bizarre steinreiche Amerikanerin mit den goldenen Fußnägeln, die in *Lucios Geständnis* im ekstatischen Feuertanz

* Mit dem Wort *machine célibataire* spielen wir auf eine Theorie (männlicher) Kunstproduktion an, die von Marcel Duchamps Kommentaren zu seinem Objekt *La Mariée mise à nu par ses célibataires* ausgeht.

im Wasser-Spiegel untergeht, auch eine idealisierende Spiegelung Sá-Carneiros sein; nämlich ein unirdisches Kunstprodukt, das ebenso wie die blonde Marta (birgt nicht schon der Name »Martyrium« und »Morte/Tod«?) Projektion des dargestellten gedoppelten Ichs Ricardo-Lucio ist, das im Mord an der *femme fatale* seinen eigenen Suizid inszeniert.

Wie Sá-Carneiros Korrespondenz aus Paris ist auch *Lucios Geständnis* an Pessoa gerichtet. Beide sind sowohl der Versuch zur Selbsttherapie als auch Dokumente seiner Psyche für den ›Therapeuten‹ Pessoa, der ihn durch die Ermutigung zu literarischer Produktion auf fragwürdige Weise heilt. *Lucios Geständnis* liegt dabei am Schnittpunkt von lyrisch entfalteter Künstlernovelle und in Poesie gegossener Identitätsproblematik. Zeitgleich zum Roman, der am 1. November 1913 mit der Jahresangabe 1914 erschien, waren zwölf Gedichte entstanden; sie erschienen am 26. November 1913 ebenfalls vordatiert unter dem Titel *Dispersão* (*Auflösung*). Daneben plante Sá-Carneiro 1913 einen Band *Além* (*Jenseits*), dessen vorgesehener Untertitel *Sonhos* (*Träume*) bewußt keine Entscheidung über Prosa, Lyrik oder Dramatik fällt und dem der Pessoa-Vers »Was ich träumte, starb ich« als Motto vorangestellt werden sollte. Schließlich war immer wieder von dem ebenfalls nie verwirklichten Band *Perturbadoramente* (*Verwirrend*) die Rede, in dem neben Dramatischem auch *Lucios Geständnis* Platz finden sollte. Vom ersten Brief an entfacht Sá-Carneiro fieberhaft ein Feuerwerk literarischer Produktivität, das seine depressiv-melancholischen Pariser Nächte erleuchtete, bis er schließlich selbst verglühte.

So sitzt er in der Silvesternacht von 1912 im *Grand Café* am Boulevard des Capucines, klagt in einem Brief an Pessoa über seinen Zustand fortgesetzter »Anästhesierung« und preist gleichzeitig das Glück, »jemanden«, nämlich den Angeschriebenen, kennengelernt zu haben. Unmittelbar auf dieses geistige Liebesgeständnis erbittet Sá-Carneiro sein Urteil in einer sexuellen Frage, die er soeben in einer Pessoa gewidmeten Erzählung namens *O Homem dos Sonhos* (*Der Träumer*) aufgeworfen hatte: Der Menschheit seien die Chancen sinnlicher Erfahrung begrenzt, da sie auf nur zwei Geschlechter reduziert sei, während sich der Träumer ein Land vorstellt mit einer unendlichen Anzahl von Geschlechtern und der Möglichkeit, »gleichzeitig verschiedene Körper zu besitzen«.

Diese mutige Utopie allumfassender Körpererfahrung steht im Kontext des seelischen Sensualismus des *Fin de Siècle*. In ähnlicher Weise wie etwa Lou Andreas-Salomé im Kreis der Wiener Moderne begreift der Portugiese in Paris das Erotische als elementare Kraft, das Geschlechtliche als ›Urgrund‹ einer Lebenstotalität, die verschüttet ist unter dem Leib-Seele-Dualismus, unter Geschlechtertrennung und -moral der bürgerlichen Gesellschaft. Dem steht jedoch die ernüchternde Erkenntnis des Nicht-Besitzens gegenüber, insbesondere im Gedicht *Como eu não possuo* (*Wie ich nicht besitze*), das der Dichter im Brief vom 6. Mai 1913 so kommentiert: »Ich könnte nur besitzen, *indem ich bin.* Ich möchte nicht den Mund jenes Mädchens küssen; mich würde es nur befriedigen, wenn jener Mund sich wie der meine anfühlte, *mein* wäre, die ganze Anmut ihres derben Körpers mir gehörte.« Am letzten Tag desselben Monats deklariert Sá-Carneiro dieses Gedicht, das später der Sammlung *Dispersão* einverleibt werden sollte, ausdrücklich als »kondensierte Idee« der zukünftigen Novelle *Lucios Geständnis*: »Ich bin niemandes Freund/Um es zu sein, müßte ich zuvor den besitzen/Den ich schätzte – sei es Mann oder Frau/Und mir gelingt es nie zu besitzen.«

Zwischen jenem Jahreswechsel, an dem Sá-Carneiro über »Geschlechtswechsel« nachdenkt, und dem Mai 1913, als er sich gegenüber Pessoa offen zu einem neuen Körperverständnis bekennt, liegt eine bislang verkannte prägende Erfahrung, die sein Werk tatsächlich dem Pulsschlag der Moderne nahebringt: Es ist der im *Fin de Siècle* aufblühende freie Ausdruckstanz, der durch seine tabubrechende Nacktheit in einer bürgerlichen Männergesellschaft für Skandal sorgt. Sá-Carneiro macht sich von jener Optik frei, und es ist bezeichnend, daß er sich zum gleichen Zeitpunkt auch dem Kubismus zuwendet. Wurde der Kubismus trotz des Vorwurfs der Hochstapelei und Stümperei salonfähig, so konnte sich der freie Tanz nicht vom Makel der Unsittlichkeit befreien. Sá-Carneiro beschreibt im hochinteressanten Brief vom 10. März 1913 seine gleichzeitige Initiation in den Kubismus Picassos (vermittelt durch Santa-Rita Pintor) und in die Tanz-Kunst jenseits ›barbarischer‹ Vorurteile. Letzteres geschah durch den »erstaunlichen Tanz der Mado Minty«, der unmittelbar an die Amerikanerin in *Lucios Geständnis* denken läßt.

Dieses Erlebnis der Sinne, das Körper und Geist erregt, übersetzt Sá-Carneiro sogleich in Schrift, nämlich in das Gedicht *Bailado* (*Getanzt*), das nichts anderes als »eine ›gemalte‹ Klangbeschreibung der Bewegungen einer Tänzerin« sein soll, wie er für Pessoa erklärend hinzufügt. Der freie Vers, die in Schritt-Rhythmus aufgelösten Sprachstrukturen, die erlesenen Wörter inkohärent, aber farbenreich und klangvoll, entsprechen nicht nur der ekstatischen Bewegung des Ausdruckstanzes, sondern auch dem Kubismus, der feste Formen und Perspektiven aufsplittert. Von dieser gleichsam sinnlicheren Version des *Interseccionismo* Fernando Pessoas ist auch die lyrische Prosa in *Lucios Geständnis* gekennzeichnet. Wenn Sá-Carneiro im Brief vom 10. März 1913 den Tanz als Kunst begreift, »die uns von der Erde befreit und uns die Seele erweitert«, und sein Schreiben mit Malerei in Zusammenhang bringt, muß man auch an Kandinsky und seine Schrift *Über das Geistige in der Kunst* (1911) denken, wo farbige Auren die Vorstellung von Astralleib und Gedankenformen veranschaulichen. Übrigens ist das Gedicht *Bailado* gleichsam nur Fortsetzung eines *poème en prose* mit dem bereits genannten Titel *Além* (*Jenseits*). In *Lucios Geständnis* begeistert sich Gervasio Vila-Nova für eine Poesie in farbiger Typographie, die sinnliche Wahrnehmung in Silbenspiel, Lautmalereien, in Wörter, die nichts bedeuten (und deren Schönheit gerade darauf beruht, nichts zu bedeuten) überträgt. Ihr Meister, ein ungenannter Russe, tritt in der späteren Erzählung *Asas* (*Flügel*) namentlich auf: Dort wird von Leben und Kunst des Petrus Ivanovitch Zagoriansky berichtet, der in Wahnsinn verfällt über der utopischen Schöpfung einer schwerelosen Poesie, die am Ende auf magische Weise seinem Gedichtheft entschlüpft, »in den Weltraum entflogen« ist, und nur

Farbkleckse und blasse Spuren zurückläßt. Dem Erzähler und der Schwester des Dichters, Marpha, bleiben nur Skizzen und Fragmente dieser Dichtung – sie sind nichts anderes als die im März 1913 verfaßten Texte *Além* und *Bailado*, die nun als portugiesische Übersetzungen der russischen Verse des Petrus Ivanovitch Zagoriansky ausgegeben werden.

Der Tanz erscheint als Schlüsselmedium eines neuen Gesamtkunstwerkes, in dem sich die romantische Poetik der Sinne dynamisiert, nämlich – nach Baudelaires Begriff der *modernité* – ins Wandelhafte, Flüchtige und Zufällige. Körperbewegung im synästhetisierenden Zusammenspiel von(Ent-)Kleidung, Raum, Duft, Licht und Musik löst feste Identität, Leib und Geschlecht auf, läßt sie wirken und wieder verlöschen. Man denkt an Hermann Bahr, der 1904 durch das Diktum vom »unrettbaren Ich« berühmt wurde, aber auch von einem »zweiten Ich« spricht, das im ekstatischen Zustand auftritt. Der flüchtige Akt des ekstatischen Tanzes kündet also von jener verschütteten Lebenstotalität, die sich sinnlich-erotisch dem Jenseits öffnet, wie dies die Amerikanerin in *Lucios Geständnis* proklamiert und ertanzt. Mit Gabriele Brandstetters Studie *Tanz-Lektüren* (Frankfurt am Main 1995) läßt sich *Lucios Geständnis* als Programmschrift moderner Poetik erschließen, einer Poetik, die Sá-Carneiro zur gleichen Zeit, ausgehend von *Bailado* und *Além*, in Poesie umzusetzen suchte.

Es kann kein bloßer Zufall sein, daß die Handlung von *Lucios Geständnis* auf die Zeit vor dem ›Jahrhundertwechsel‹ zurückdatiert ist, als die Amerikanerin Isadora Duncan nach Paris kam, um in Statuen erstarrte griechische Schönheit mit ihren nackten Füßen auf dem Erdboden tanzend zu neuem Leben zu erwecken. Die gefeierte Loïe Fuller machte schon seit 1892 mit ihren *danses lumineuses* Furore. Erstaunlich, wie sehr der Palast der Amerikanerin in *Lucios Geständnis* ihrem Pavillon auf der Pariser Weltausstellung von 1900 in Innenarchitektur und Lichttechnik gleicht; wie sehr das von der feuerblonden Frau vorgetragene Programm und deren anschließende Inszenierung Lebender Bilder der Praxis gefeierter Tänzerinnen wie Isadora Duncan und später Valentine de Saint-Pois entsprechen. Genau im Entstehungsjahr von Sá-Carneiros Novelle erregte Valentine de Saint-Pois Aufsehen durch eine neue Tanzkunst (*Métachorie*), die sich nicht im extravagant-luxuriös oder exotisch potenzierten Sinnlichen erschöpfte, sondern als *danse idéiste* auch den Geist anregte, also »die Seele erweitert«, wie Sá-Carneiro im Brief vom 10. März 1913 schreibt. In *Lucios Geständnis* tritt die bizarre Amerikanerin für die Liebe als Kunstform ein, für die Vergeistigung sinnlicher Körperkunst, die sie im späteren Schleier- und Feuertanz – nicht zufällig umgeben von Sphinxfiguren – als Höhepunkt einer synästhetischen Gesamtkompostion verwirklicht. Die tanzende *femme fatale* entmaterialisiert sich, reduziert sich auf die allgegenwärtige Farbe des Rotblonden, des Feurigen, geht schließlich – sich in Trance verzehrend – im Blauen, im jenseitigen Mysterium auf, wobei sie sich zu Gold veredelt. In diesem liturgischen Opfer-Tanz sexualisiert sich die symbolistische Ästhetik Mallarmés, der sich seinerseits bereits von der »écriture corporelle« des Tanzes hatte inspirieren lassen. Im Zeichen des Tanzes pflegte Sá-Carneiro seine erotische Seelenpoesie weiter: Die im *Fin de Siècle* so beliebte Salomé, die halbnackt tanzende Astral-Prinzessin, die männermordend in verruchten Orgien schwelgt, wird zur Lieblingsfiguration seines Seelendramas: »Ich weiß nicht, wer mir zu Füßen liegt: Ist es die tote Tänzerin oder bloß meine Seele, die von Farben zerbarst.« (*Bárbaro*, Oktober 1914)

Kann es da bloßer Zufall sein, daß der dicke, unbeholfene Sá-Carneiro durch die Liebesbeziehung zu einer der vielen namenlosen Tänzerinnen der *Folies Bergères* zugrunde gerichtet wurde, wie man behauptet? Oder war das nicht alles zu Tode inszeniert von einem, der sich selbst immer sarkastischer verspottete? Bereits aus dem Jahr 1913, als er *Lucios Geständnis* schrieb, stammen zwei leidenschaftliche Briefe an eine unbekannte Tänzerin, in denen er seine »Seelenliebe« für das »geheiligte Gedicht ihres schönen trunkenen Leibes« erklärt. Man wollte darin dieselbe Lili entdecken, die ihn am Ende zum Selbstmord trieb. Der tote Dichter mag dazu aus dem Jenseits lächelnd mit dem Kopf nicken.

Wie J. M. R. Lenz hat Mário de Sá-Carneiro herrschende Sexualmoral kritisch und poetisch reflektiert, wesentlich mehr als sein gefeierter Meister und Seelenfreund Pessoa. Aber gerade deswegen wurde sein Schreiben mit dem morbid faszinierenden Mäntelchen gescheiterter Künstlerexistenz bedeckt, als autobiographisch bedingt entschärft und überlegen belächelt. Auch Mário de Sá-Carneiro war weder Affe noch Apostel Pessoas, sondern stand an der Schwelle zu einer ›anderen‹ modernen Ästhetik, die erst im Zuge der Postmoderne klarer zum Vorschein kommt. Diese

Exhumierung trifft sich merkwürdig mit dem von Sá-Carneiro so beharrlich inszenierten postumen Blick des Künstlers auf sich selbst – wenn der Schriftsteller Lucio aus der Warte des Untoten über seine enge Freundschaft mit dem großen Künstler Ricardo de Loureiro schreibt, den er auf mysteriöse Weise tötete, als dieser die *femme fatale* ermordete. Doch in der Schrift wird der Tod nur vorgetäuscht, man verweigert sich nur scheinbar der Ewigkeit. Sie sei ihm gegönnt.